Couvertures supérieure et inférieure
en couleur

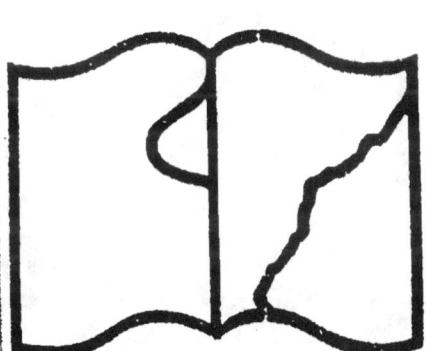

Texte détérioré — reliure défectueuse
NF Z 43-120-11

J. CHANCEL

• • • • •

Petit Marmiton

Grand Musicien

• • •

Illustrations de FONTANEZ

Ch. DELAGRAVE Éditeur. PARIS

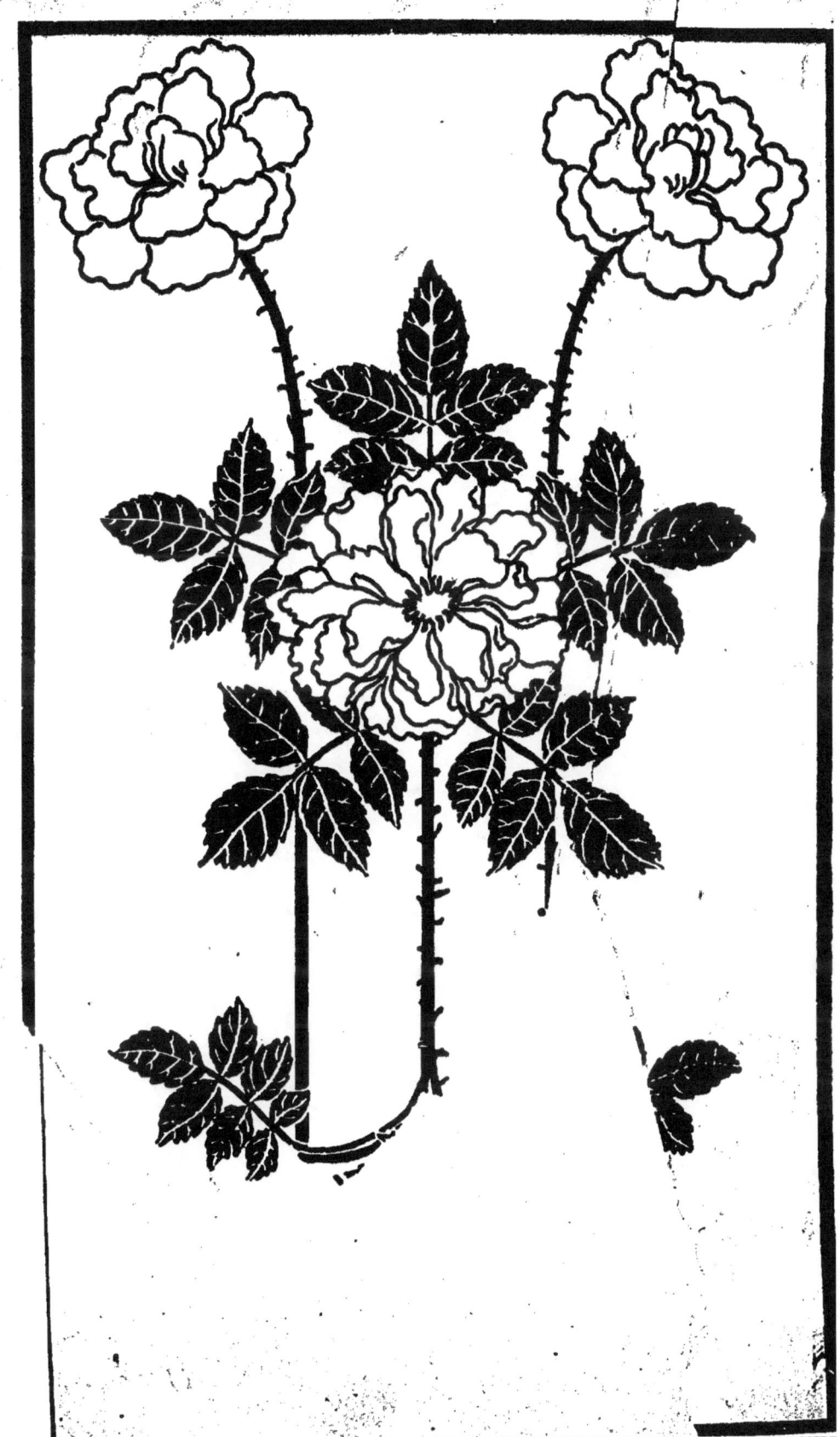

PETIT MARMITON

GRAND MUSICIEN

LES ENFANTS A TRAVERS L'HISTOIRE

LES ENFANTS A TRAVERS L'HISTOIRE

PETIT MARMITON
GRAND MUSICIEN

PAR

Jules CHANCEL

ILLUSTRATIONS DE FONTANEZ

PARIS
LIBRAIRIE CH. DELAGRAVE
15, RUE SOUFFLOT, 15

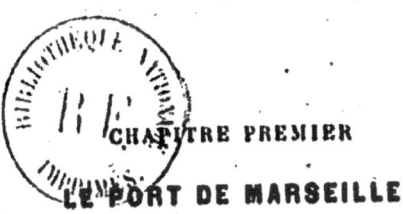

CHAPITRE PREMIER

LE PORT DE MARSEILLE

CHAPITRE PREMIER

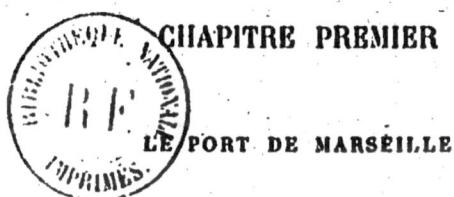

LE PORT DE MARSEILLE

Les Marseillais de l'année 1643 ressemblaient beaucoup aux Marseillais d'aujourd'hui.

Ils étaient aussi bruyants, aussi exubérants, aussi amateurs de plein air et de vie dans la rue au commencement du règne de Louis XIV que sous notre troisième république.

Par un beau matin du mois de mai, les quais du port étaient encombrés tout le long des canaux qui pénètrent dans la ville. Une foule de promeneurs et de flâneurs regardaient arriver et partir les petits bateaux de pêche et les grosses tartanes napolitaines aux voiles rouges qui faisaient au loin sur la haute mer un si joli effet. Sous le ciel bleu, dans la gaieté du soleil éclatant, les Marseillais s'agitaient en arpentant les rives du quai du canal.

Les uns regardaient l'entrée du port comme s'ils attendaient quelque navire, les autres parlaient politique; car la politique a toujours été la grande ressource des gens qui n'ont pas grand'chose à faire.

Richelieu et Louis XIII venaient de mourir à quelques mois d'intervalle, et Louis XIV, âgé de quatre ans, avait été proclamé roi sous la régence de sa mère Anne d'Autriche.

Il y avait dans tous ces événements de quoi alimenter la conversation de nos braves Marseillais.

Aussi discutaient-ils avec de grands gestes les chances du nouveau règne et parlaient-ils avec sympathie du « pitchounet », — c'est ainsi qu'ils appelaient le petit roi.

Soudain une rumeur plus grande se répand dans la foule, des cris retentissent, annonçant que l'événement si impatiemment attendu allait enfin se produire.

Une embarcation, quittant l'hôtel de ville, emportait les autorités à la rencontre d'un grand brigantin qui venait d'apparaître par le travers du fort Saint-Jean et bientôt s'arrêta en face de la colline du Pharo.

Plus de doute, le grand personnage attendu était à bord de ce navire, sur lequel se braquèrent aussitôt les regards de tous les marins du port.

Tandis qu'on amenait les voiles et que des barques montées par de vigoureux rameurs allaient chercher le bateau pour le remorquer dans le canal, les suppositions allaient leur train.

Les uns disaient que les arrivants étaient des ambassadeurs de Venise; d'autres affirmaient que le seigneur en l'honneur duquel les autorités se déplaçaient était un duc de Guise qui rentrait à la cour, appelé par les événements du nouveau règne.

On n'allait pas tarder à être fixé : le bateau tiré par les rameurs commençait à engager sa proue dans le canal. A ce moment un carrosse de voyage attelé de quatre chevaux vint se ranger sur le quai, et ceux qui savaient lire les armoiries purent reconnaître sur les panneaux de la portière l'écusson des Guise.

Le bateau tiré par des rameurs commençait à engager sa proue dans le canal.

A peine les cordes d'amarre étaient-elles jetées à terre et la planche de débarquement lancée, qu'un seigneur fort pressé s'y engagea, suivi d'un petit garçon d'une dizaine d'années vêtu à l'italienne et portant sur le dos une mandoline.

Le duc de Guise, car c'était bien lui, ne voulut pas écouter les discours que les autorités s'apprêtaient à lui faire subir, et, après un rapide salut, il se dirigea vers son carrosse avec la plus grande hâte. Après avoir donné des ordres à ses laquais pour que ses bagages y fussent rapidement transportés, il monta dans la voiture, au nez de la foule ahurie et vexée de cette manière d'agir.

Heureusement la curiosité des Marseillais put s'exercer à l'aise sur la personne de l'enfant qui accompagnait le duc.

Celui-ci se tenait debout à la portière du carrosse, sa mandoline à la main, et regardait avec autant de curiosité que d'inquiétude ce pays nouveau et ce peuple bruyant qui se pressait autour de lui.

C'était un joli petit garçon d'une dizaine d'années, aux grands yeux noirs, à la peau mate, mince et très grand pour son âge.

Il était vêtu d'une souquenille de toile rapiécée; un foulard rouge enveloppait sa tête et laissait échapper les boucles de ses cheveux bruns.

Pieds nus, jambes nues, sur sa poitrine découverte on apercevait un scapulaire de couleur voyante, comme en portaient les pêcheurs napolitains.

Certes, l'enfant était pittoresque et joli dans ses haillons; mais la foule se demandait comment un grand seigneur tel que le duc de Guise pouvait avoir dans sa suite un page ou un musicien aussi mal accoutré.

Nullement intimidé par les regards de tous ces Marseillais, non plus que par leurs exclamations ponctuées de « Boudiou! » et de « Péchaire! » le petit garçon à la mandoline souriait à la foule, tandis que des matelots aidés des laquais empilaient sur le carrosse de nombreuses caisses et valises que l'on venait de décharger du bateau.

Quand cette opération fut terminée, le postillon vint frapper au volet du carrosse, qui s'entr'ouvrit, et l'on aperçut la figure rogue du duc de Guise.

« C'est fini ? s'écria-t-il ; eh bien, touchez et filons... route de Paris... doubles guides ! »

Au moment où le postillon sautait à cheval, le duc remarqua le petit garçon toujours debout à côté de la portière, sa mandoline à la main et qui semblait attendre.

« Eh bien, Jean-Baptiste, lui dit le duc... que fais-tu donc là ? En route, petit ! »

Puis il fit un signe à deux grands diables de laquais, qui prirent l'enfant chacun par un bras et le hissèrent entre eux sur le siège de derrière du carrosse.

Aussitôt des claquements de fouet retentirent joyeusement, et la foule n'eut que le temps de s'écarter pour laisser passer les chevaux, qui partirent au galop dans la direction de la porte d'Aix.

Tandis que les Marseillais regagnaient leurs demeures en regardant d'un œil peu sympathique la voiture qui s'éloignait dans un tourbillon de poussière, ils murmuraient :

« Boudiou ! qu'il est pressé, ce duc ! »

D'autres se demandaient non moins inquiets :

« Que diable veut-il faire de cet enfant en guenilles qu'il emmène avec lui à Paris ? »

C'est à ces questions bien naturelles des braves Marseillais que nous allons répondre.

CHAPITRE II

SUR LA ROUTE

CHAPITRE II

SUR LA ROUTE

Le soleil tapait ferme sur la route blanche et poussiéreuse, et le petit garçon, serré sur le siège de derrière du carrosse entre les deux grands laquais, souffrait beaucoup de la chaleur.

Ballotté par les cahots et le galop des chevaux, il se cramponnait comme il pouvait aux jambes de ses voisins, qui dormaient, et se réveillaient seulement de temps à autre pour lui dire brutalement de se tenir à la voiture et de ne pas les gêner par ses lamentations.

Les premières heures du trajet furent donc épouvantables pour le petit Jean-Baptiste, qui se demandait avec effroi s'il faudrait continuer jusqu'à Paris à endurer ce supplice.

A Miramas on s'arrêta à peine un quart d'heure pour changer les chevaux, et le carrosse repartit le long des rives de l'étang de Berre.

2

Vers six heures du soir on entrait dans Avignon par la porte de Loulle, et la voiture s'arrêtait devant l'hôtel de l'Europe, situé le long des remparts, près du Rhône.

Le petit musicien, rompu, moulu, blanc de poussière, sauta vivement de son siège, bien décidé à ne pas continuer le voyage dans de si pénibles conditions. Aussi, sans vouloir accompagner les laquais qui lui disaient de venir avec eux à la cuisine de l'hôtel, où un repas les attendait, il vint se camper devant la portière du carrosse, attendant que le duc en descendît, ce que celui-ci ne tarda pas à faire.

L'enfant lui tendit la main pour l'aider à franchir le marchepied.

« Ah! c'est toi, petit! fit le duc en apercevant le musicien... Eh bien, es-tu content de ton voyage?

— Non, monseigneur, répondit l'enfant en italien, car il savait à peine quelques mots de français, non, je ne suis pas content, et je viens vous dire que je ne veux pas rester derrière la voiture, on y est trop mal. »

Le duc fronça les sourcils.

« Oh! oh! fit-il, que signifie cette manière de parler? *Tu ne veux pas* rester derrière la voiture?

— Non, répliqua l'enfant avec énergie.

— Oublies-tu que je t'ai acheté à tes parents et que j'ai le droit de faire de toi ce que bon me semble? »

Le petit Italien secoua vivement ses longues boucles brunes.

« Mes parents, continua-t-il en regardant le duc bien en face, vous ont donné le droit de m'emmener à Paris pour jouer de la mandoline et pour apprendre la musique, mais pas pour me faire du mal. »

Les passants s'étaient rassemblés pendant ce colloque en italien. Le duc, voyant la décision avec laquelle lui parlait le petit mandoliniste, craignit d'être obligé de sévir devant tout le monde et préféra prendre la chose en riant.

« Allons! petit Lulli, fit-il en passant son bras sur le cou

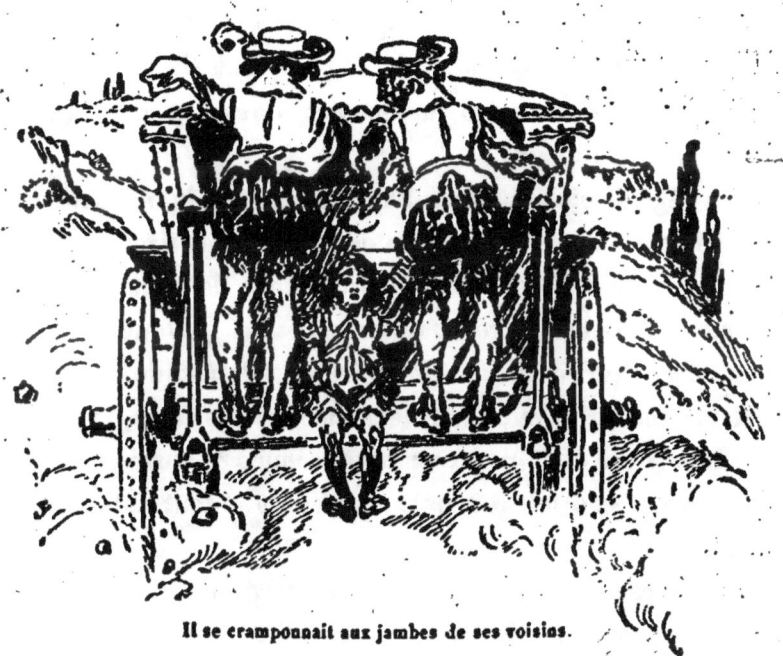

Il se cramponnait aux jambes de ses voisins.

de l'enfant, viens déjeuner avec moi, et, tout en buvant un verre de châteauneuf des papes, tu me raconteras tes malheurs. »

Et il entra dans l'hôtel avec l'enfant, au milieu du murmure admiratif des Avignonnais, touchés par la bonté de ce grand seigneur pour le petit Italien.

* *

Jean-Baptiste Lulli était le quatrième enfant d'un pauvre marchand de Florence qui avait bien du mal à élever toute sa famille. Aussi chacun des garçons dut vite essayer de gagner sa vie comme il pouvait.

Dès l'âge de cinq ans Jean-Baptiste jouait de la mandoline, et il se promenait dans les rues de la ville pour tirer si possible parti de ce talent. Sur la promenade de la Cascine ou au jardin de Baboli, il récoltait, par-ci, par-là, quelques pièces de monnaie qui contribuaient à faire vivre la famille.

Mais dans un pays où tout le monde est musicien, le petit mandoliniste n'était pas remarqué comme il aurait mérité de l'être par son talent acquis sans étude et tout naturellement.

Aussi lorsque, un jour, sur la place del Annunziata, le duc de Guise entendit l'enfant chanter ses jolies chansons en s'accompagnant sur son instrument, il fut charmé et lui demanda de le conduire chez ses parents.

Là, le duc proposa au pauvre marchand cinq cents livres pour avoir le droit d'emmener à Paris le petit musicien, en disant qu'il voulait l'attacher à sa maison ou à celle de quelque autre grand seigneur.

Il lui promit de plus de le faire perfectionner dans l'art musical, pour lequel il semblait si bien doué que, sans doute, il ferait rapidement son chemin en continuant cette profession.

Le Florentin accepta avec enthousiasme cette proposition, et c'est ainsi que, deux jours après, Jean-Baptiste quittait son pays pour suivre en France le duc de Guise, son maître.

Mais on vient de voir que le petit musicien n'était pas pour le moment très satisfait de son sort, et que surtout il était bien décidé à ne pas continuer le voyage derrière le carrosse, entre les deux grands laquais brutaux et désagréables.

Or, quand Lulli avait pris une décision, tous les gamins de Florence savaient qu'il n'était pas facile de l'en faire démordre.

Quand l'heure du départ arriva, il se trouva de nouveau devant la portière du carrosse. Ce fut lui qui, prévenant le postillon, fit tomber le marchepied au moment où le duc, la figure épanouie par un excellent repas, s'apprêtait à continuer sa route.

« Tu es encore là, petit? fit le duc apercevant l'enfant et prévoyant ce qu'il allait lui dire.

— Oui, monseigneur, et, par la madone! je ne remonterai plus là derrière!

— Cependant, reprit le duc amusé par cette ténacité, si je t'y forçais?

— Monseigneur ne fera pas cette bêtise, répondit tranquillement le petit musicien, car il s'ennuie tout seul dans sa voiture, et il sera bien content si, pour le distraire, je lui chante durant la route mes jolies chansons qu'il ne connaît pas encore. »

Ces paroles adroites décidèrent le duc, qui en effet s'ennuyait mortellement. Il sourit, et, saisissant l'enfant par le bras, le fit monter devant lui dans le carrosse.

« Allons! grimpe là dedans, maudit gamin, dit-il; et gare à toi si tu chantes faux! »

Lulli avait gagné son procès; il s'installa confortablement sur la banquette de devant et, pour prouver sa reconnaissance à son maître, se mit immédiatement à gratter sa mandoline. Il n'interrompit sa musique que pour narguer et faire à la dérobée de gigantesques pieds de nez aux deux laquais stupides, ses anciens compagnons de route, qui, placés de chaque côté de la portière, n'osaient pas répondre et attendaient immobiles l'ordre de regagner leur place sur l'étroite planche derrière le carrosse.

Le duc donna cet ordre; et la voiture s'ébranla lourdement sur les cailloux pointus qui formaient le pavage spécial de la ville d'Avignon.

Quand on fut sorti de la cité des papes et que le carrosse roula sur la route royale vers Orange, le petit Lulli déclara à son maître qu'il allait lui chanter une jolie berceuse grâce à laquelle il pariait de l'endormir en moins d'un quart d'heure.

Bientôt en effet le duc somnolait béatement sur la banquette, tandis que Lulli, confortablement assis sur la sienne, interrompait peu à peu sa chanson en se disant qu'il avait joliment bien fait de réclamer, au lieu de continuer à se laisser cahoter dans la poussière et sous le soleil brûlant entre les deux laquais brutaux.

Le voyage se continua ainsi fort heureusement. A l'étape suivante, Lulli, sans rien demander, vint tranquillement s'installer dans la voiture au départ, et le duo, que le babil et la musique de l'enfant avaient réellement amusé, le laissa faire.

On s'arrêta un jour à Lyon pour faire réparer les roues du carrosse, et une semaine après, sans autre aventure, l'équipage du duc de Guise entrait dans Paris par la porte Saint-Antoine.

CHAPITRE III

LES CADEAUX DU DUC DE GUISE

CHAPITRE III

LES CADEAUX DU DUC DE GUISE

Comme tous les enfants, le petit Lulli s'était fait de Paris une idée merveilleuse et complètement fausse.

Il se figurait trouver, en arrivant dans la capitale de la France, des palais en or et des rues pavées de diamants.

Or le Paris de cette époque ne ressemblait en aucune façon à ces rêves.

Le carrosse traversa les quartiers populeux de Saint-Denis et de Saint-Martin, et Jean-Baptiste eut tout d'abord de la grande ville une vision dans le genre de celle que dépeignait le poète comique Scarron quand il écrivait :

> Un amas confus de maisons,
> Des crottes dans toutes les rues;
> Ponts, églises, palais, prisons,
> Boutiques assez mal pourvues.

Heureusement, quand on passa sur le pont Neuf, cette mauvaise impression se dissipa un peu.

Le pont Neuf était encombré de bateleurs, de charlatans, de boutiques en plein vent et de vendeurs d'orviétan qui faisaient la parade, habillés de couleurs voyantes avec des casques sur la tête.

« A la bonne heure! pensait Lulli, voici au moins Paris. »

Mais quand on pénétra dans l'île Saint-Louis, où se trouvait le sévère hôtel des Guise, Jean-Baptiste se disait que ce n'était pas la peine d'avoir quitté Florence pour venir habiter une ville si noire et si laide.

Le carrosse pénétra par une courbe savante dans la cour intérieure de l'hôtel, où toute la valetaille était réunie, attendant l'arrivée du duc.

Jean-Baptiste sauta de la voiture avec satisfaction, car ses jambes étaient ankylosées par ce long voyage, et il s'apprêtait à grimper en courant le large escalier de pierre du perron quand le duc l'arrêta :

« Reste là, petit, dit-il, nous repartons tout de suite.

— Encore! fit Lulli désappointé, et où allons-nous?

— Tu le verras, » répondit le duc, qui donna immédiatement l'ordre de préparer son carrosse de gala et d'y charger un certain nombre de colis qui se trouvaient sur la voiture de voyage.

Puis il monta dans ses appartements pour faire sa toilette.

.*.

Le duc voulait, sans perdre de temps, reprendre l'air de la cour et annoncer son arrivée en distribuant aux personnages importants du moment les cadeaux qu'il rapportait pour eux de ses voyages.

Il rapportait donc des tableaux du Titien et de Paul Véronèse pour le petit roi Louis XIV (qui, vu son âge, aurait sans doute préféré une toupie ou une trompette!), des bijoux tos-

Le pont Neuf était encombré de bateleurs.

cans pour la régente, une caisse d'oranges pour M. de Beaufort, déjà populaire dans les Halles, et enfin le petit Jean-Baptiste, qu'il se proposait d'offrir à celle qu'on appelait la Grande Mademoiselle, c'est-à-dire à Mlle de Montpensier, fille de Monsieur, duc d'Orléans, frère de Louis XIII.

On voit que le duc de Guise était un homme de précaution, désireux de se mettre bien avec tous les partis qui à cette époque se disputaient le pouvoir.

Quand la tournée des cadeaux fut terminée, Lulli, qui avait été réservé pour la fin, se demandait ce que son maître allait faire de lui et pourquoi il l'avait emmené.

Mais on arriva à ce moment devant les Tuileries, où habitait alors Mademoiselle, la plus riche héritière d'Europe.

Pendant qu'un valet était allé annoncer le duc, celui-ci montra au petit musicien la façade de ce beau palais et lui dit :

« Petit, regarde bien ce château, car c'est là que tu habiteras désormais. »

Suivant ce conseil, Lulli admira la superbe construction qui s'appelait le Dôme et déclara qu'elle lui convenait à merveille, mais qu'il croyait n'être pas assez bien habillé pour y pénétrer.

Le Dôme portait aux quatre coins quatre jolies tourelles. On y entrait du côté du jardin par un portique surmonté d'une terrasse à balustres dominant la Seine.

C'était presque la campagne; le palais donnait par derrière sur un fort beau parterre à l'extrémité duquel se dressaient l'hôtel de Rambouillet et celui de Mᵐᵉ de Chevreuse.

Jean-Baptiste songeait que ce séjour paraissait fort agréable, et il pensait déjà aux belles parties qu'il ferait dans ce superbe jardin divisé en parterres et en quinconces, quand on vint annoncer que Mademoiselle était prête à recevoir Monseigneur. Le duc, après avoir arrangé les boucles noires de l'enfant et redressé d'un coup de main artistique le fou-

lard rouge qui le coiffait, prit sa main et monta avec lui le
grand escalier conduisant aux appartements de réception.

Le duc de Guise jetait à la dérobée des regards d'inquiétude sur son protégé.

« Pourvu que mon cadeau plaise à Mademoiselle! se disait-
il... Elle a déjà une naine, un perroquet, dix chiens et plus
de cent domestiques; comment va-t-elle accueillir mon joueur
de mandoline? »

L'entrée du duc et de l'enfant dans le grand salon plein de
monde fit sensation.

La joliesse de Lulli, son costume étrange et la mandoline
qu'il tenait à la main attirèrent bientôt l'attention générale.

Le duc conduisit le petit musicien devant une jeune fille de
treize ou quatorze ans qui se tenait raide sur un fauteuil au
fond du salon, surveillée par sa gouvernante, car la fille de
Gaston d'Orléans avait perdu sa mère peu de temps après
sa naissance.

« Ma cousine, dit le duc à cette demoiselle en lui baisant
la main, daignez accepter mes hommages au retour de mon
long voyage, et permettez-moi de vous offrir ce petit musicien
qui vient de Florence; il chante sur la mandoline des airs
de son pays et sera, j'espère, pour vous un passe-temps
agréable. »

Mademoiselle sauta de joie en écoutant ce discours. Elle
descendit de son fauteuil et embrassa Lulli, qu'elle s'efforça
de faire parler.

Aussitôt tout le monde fit fête à l'enfant, et on félicita le
duc ravi du joli cadeau qu'il rapportait d'Italie.

Monsieur lui-même, qui, par extraordinaire, se trouvait

ce jour-là chez lui, arriva en voltigeant et pirouettant comme il le faisait sans interruption.

« Par ma foi, cousin, déclara-t-il, vous nous rapportez là un plaisant petit animal, et ma fille et moi vous remercions du cadeau. »

* *
*

Dès lors Lulli faisait partie de la maison de Mlle de Montpensier.

La jeune fille, après s'en être amusée un instant, le bourra de chatteries et de biscuits frais, puis bientôt, avec sa légèreté ordinaire, n'y pensa plus.

Mme de Saint-Georges, la gouvernante, voyant l'enfant planté au milieu du salon, sonna et le confia à l'intendant, qui l'emmena sans que personne fît la moindre attention à son départ.

Le duc de Guise lui-même racontait ses voyages au milieu d'un cercle de dames et avait bien autre chose à faire que de penser à ce petit Italien dont il se souciait en réalité aussi peu que des autres cadeaux distribués par lui dans la journée.

Maintenant que Lulli lui avait procuré l'entrée sensationnelle qu'il souhaitait chez Mademoiselle, le petit n'offrait plus aucun intérêt à ce protecteur d'occasion.

Cette fantaisie d'un grand seigneur désireux de faire parler de lui à son retour, n'en avait pas moins bouleversé la vie d'un enfant qui, destiné à vivre paisible et ignoré dans son pays, se trouvait tout à coup transporté dans le milieu factice et agité de la cour de France.

Celui qui aurait vu le petit mandoliniste déguenillé, triste et dépaysé dans un coin de l'office où il était en butte aux moqueries des valets, ne se serait certainement pas douté que ce gamin sans importance, ce cadeau du duc de Guise rapporté d'Italie entre un tableau et une caisse d'oranges, deviendrait un personnage important qui, quinze ans plus tard, inventerait l'opéra, ferait attendre Louis XIV et laisserait dans l'histoire de l'art un nom inoubliable.

CHAPITRE IV

GARDE AU PERROQUET

CHAPITRE IV

GARDE AU PERROQUET

Jean-Baptiste Lulli devait bien vite apprendre qu'il ne faut pas se fier aux belles paroles et aux promesses des grands seigneurs.

Mademoiselle, qui à son arrivée et par politesse avait paru si heureuse de le voir, se lassa bien vite de ce petit Italien beaucoup moins amusant que sa naine, avec laquelle elle pouvait au moins parler français.

Aussi, après deux ou trois tentatives, ne fit-elle plus demander Lulli, qui passait dans les sous-sols du palais de tristes journées, désœuvré et inutile, avec les innombrables laquais. On essaya de l'employer à différentes besognes. D'abord il fut adjoint au gros suisse qui était chargé d'ouvrir la lourde porte de l'hôtel.

Durant quelques semaines il fut occupé à ce travail peu intéressant, mais il employa utilement son temps à apprendre le français. Ses progrès furent même tellement rapides que son professeur, le gigantesque suisse, lui dit bientôt dans son jargon :

« Fous parlez pien mieux que moi. »

Ce qui était vrai.

Un jour, le maître d'hôtel vint le chercher et le conduisit à nouveau dans les salons, où, à force de chercher, on lui avait trouvé un emploi.

Lulli était nommé *garde au perroquet*. C'est lui qui devenait officiellement chargé de nourrir, nettoyer et garder le perroquet de Mademoiselle.

Il avait enfin un titre, un uniforme, et figurait sur les registres de la cour au milieu des innombrables écuyers, huissiers, lardeurs de rôt, potagers, valets et marmitons qui composaient à cette époque la maison d'une fille de France riche comme l'était Mademoiselle.

On lui enleva son costume italien pour lui faire revêtir une sorte de petit justaucorps rouge à créneaux et un haut-de-chausse collant gris-perle.

Sur sa tête il portait un toquet de velours gris avec une plume de perroquet. Ainsi accoutré, il provoquait l'hilarité de tous les domestiques.

Il n'était pas jusqu'à la naine, la vilaine petite naine, Ursule Mathon, qui ne se moquât de lui quand elle le voyait, et de sa petite voix de fausset lui criait :

« Hou ! hou ! qu'il est vilain, le valet du perroquet ! »

Lulli fut très sensible à ces piques d'amour-propre. Il refusa d'endosser son costume ridicule, se fâcha et déclara à l'intendant qu'il était venu en France pour être musicien, et non pour dresser des oiseaux.

Mais bientôt, en enfant intelligent, il comprit que ses récriminations étaient inutiles, et il se soumit, en se disant qu'il fallait d'abord voir comment les choses allaient tourner.

Sa nouvelle fonction ne l'occupait pas beaucoup.

Le matin il arrivait vers sept heures auprès de son élève

Il passait un bon quart d'heure à taquiner le perroquet.

le perroquet. On lui avait montré les soins qu'il avait à lui donner : nettoyer le perchoir, garnir la mangeoire de grains et le petit godet d'eau fraîche, lisser les plumes de l'animal avec une brosse douce, et c'était tout.

Lulli jugea bon d'augmenter ce service très simple. Après avoir rendu à l'animal les services qu'on exigeait de lui, il passait encore un bon quart d'heure à taquiner ce perroquet qu'il avait en horreur, depuis que celui-ci l'avait mordu au

doigt avec son bec coupant comme une tenaille. Aussi, pour
se venger, Lulli lui prodiguait en italien les injures les plus
variées; il lui tendait une canne ou une paire de pincettes,
que l'animal acariâtre mordait avec rage; enfin, quand il était
arrivé à faire hurler le perroquet de cette voix aiguë et désagréable qui est spéciale à ces volatiles, il était enchanté.

D'ailleurs l'animal ne tarda pas à prendre en grippe l'enfant qui s'occupait de lui d'une façon si spéciale, et dès qu'il
le voyait arriver, il le saluait par des cris tellement perçants
que toute la maisonnée accourait pour voir ce qui arrivait!

On trouvait alors Jean-Baptiste tranquillement occupé à
nettoyer la cage de son perroquet, et la valetaille s'en allait
furieuse contre cet horrible animal qui troublait par ses cris
la tranquillité de l'aristocratique demeure.

Lulli avait beau agacer son perroquet un peu plus chaque
jour, cette tâche ne suffisait pas à l'occuper; aussi le voyait-on
se traîner désœuvré de salon en salon et bâillant à se décro-
cher la mâchoire.

Un soir qu'il se livrait à cet exercice sur les marches du
grand escalier, il fut remarqué par Mademoiselle qui, accom-
pagnée de sa gouvernante Mlle de Saint-Georges, se rendait
à l'assemblée de Mme de Rambouillet.

« Tiens! fit Mademoiselle en apercevant l'enfant, mon garde
au perroquet. Il n'a pas l'air de s'amuser beaucoup! »

Mlle de Saint-Georges eut une idée. « Viens avec nous,
petit, lui dit-elle; tu porteras la lanterne. »

Lulli, heureux d'échapper à son désœuvrement et de voir
ce Paris qu'il désirait tant connaître depuis son arrivée, saisit avec joie la lanterne destinée à éclairer au retour la route

de sa maîtresse à travers les rues sombres, et partit derrière elle pour l'hôtel de Rambouillet.

L'hôtel de la divine marquise n'était pas loin des Tuileries, puisqu'il ouvrait sur la cour du Louvre, vers l'endroit où est maintenant le pavillon de Rohan

Mademoiselle, suivie de sa gouvernante et de Jean-Baptiste, ne fut donc pas longue à y arriver.

Cet hôtel constituait une espèce d'académie de galanterie, de vertu, de science, et le rendez-vous de ce qui était le plus distingué en condition et en mérite.

C'est là que naquit cet art de la conversation qui a été pendant deux siècles l'une des gloires de la France. On y vit successivement ou à la fois les personnages les plus éminents de l'époque : le cardinal de Richelieu, le prince de Condé, la duchesse de Longueville, Armand Malherbe, Chapelain, Vaugelas, Voiture, Saint-Évremond, M{le} de Scudéry, Mme de Lobli, Mme de Sévigné. Corneille y lut son *Polyeucte*, et Bossuet y fit son premier sermon.

Le petit porte-lanterne ignorait certes tout cela, mais son esprit ouvert et éveillé le portait à observer et à faire son profit de tout ce qu'il voyait.

On le laissa dans le corridor en compagnie des laquais et porteurs de chaises qui attendaient comme lui leurs maîtresses, et occupaient leurs loisirs en en disant le plus de mal possible.

Lulli, toujours curieux, ne resta pas longtemps dans cette compagnie peu séduisante pour lui.

Il se faufila jusqu'à la porte par laquelle arrivaient les visiteurs, et put apercevoir par l'entre-bâillement cette fameuse *chambre bleue* où le dix-septième siècle vint prendre le ton juste de la conversation et les belles manières.

Mme de Rambouillet avait su comprendre la première l'influence du cadre sur les mœurs et les idées.

Avant elle, dans les maisons, il n'y avait pas de salon. On recevait ses visiteurs dans n'importe quelle pièce de l'hôtel, selon l'heure, la saison ou le hasard. La marquise réunissait dans sa chambre bleue toutes les personnalités de l'époque.

Le jour y était mesuré, les sièges comptés : dix-huit, pas un de plus, les groupements facilités par des paravents. Des fleurs parfumaient l'air, des objets d'art caressaient le regard ; l'ensemble avait un aspect de sanctuaire si caractérisé que les habitués en parlaient comme d'un temple.

La Grande Mademoiselle elle-même subissait l'influence de ce milieu, et Lulli, qui, caché par un rideau, regardait sa maîtresse dans cette belle société, ne retrouvait plus en elle les grands gestes garçonniers et les éclats de voix dont elle était coutumière.

Le petit musicien s'amusait beaucoup à ce spectacle si nouveau pour lui ; il écoutait les vers que récitaient des poètes qu'un laquais de M. de Bellegarde lui dit être M. Malherbe et M. Chapelain, et comme cet homme le pressait de venir avec eux dans l'escalier jouer au passe-dix, il lui répondit dans son français encore pas très pur :

« Laissez-moi ! Je préfère écouter les vers. C'est joli... par la madone !... on dirait de la musique. »

Il écouta et regarda ainsi toute la soirée, aux aguets derrière son rideau, jusqu'au moment où un grand remue-ménage se fit dans le salon, indiquant que la réception était terminée.

Un laquais ouvrit les portes à deux battants et appela :
« Les gens de Mademoiselle! »

Jean-Baptiste parut, sa lanterne à la main, et en précédant

En précédant sa maîtresse il songeait...

sa maîtresse, durant le court chemin qui les séparait des
Tuileries, il songeait à toutes ces belles choses qu'il venait
d'entendre.

Il regrettait moins d'avoir quitté son pays pour venir à
Paris, depuis que son horizon n'était plus borné à la loge du
suisse ou aux plumes de son perroquet.

CHAPITRE V

LA REPRÉSENTATION DU « CID »

CHAPITRE V

LA REPRÉSENTATION DU « CID »

C'était un superbe dimanche de printemps. Lulli, assis sur un petit tabouret dans le grand escalier de l'hôtel, s'ennuyait mortellement.

De temps à autre, il descendait se dérouiller les jambes dans la cour, qu'il trouvait triste et solitaire, puis montait à sa chambre située au second étage. Par la petite fenêtre ronde qui dominait la Seine, il regardait avec envie le peuple parisien se promenant tranquillement le long des quais illuminés par les rayons dorés d'un superbe soleil couchant. Oh! comme il les enviait, ces braves gens!

Puis il pensait aussi à son pays, aux soirées pareilles à celle-ci, aux belles parties de billes ou de marelle qu'il faisait sur la place Saint-Laurent, au temps où il errait libre et heureux, sa mandoline sur l'épaule, à travers les rues de Florence.

Qu'était-il venu faire dans ce Paris triste et lugubre où il pleuvait tout le temps et où les journées lui paraissaient si longues, dans cet immense hôtel où personne ne s'occupait jamais de lui?

Tandis qu'il était plongé dans ces réflexions désolées, un roulement de tambour retentit à la porte de l'hôtel.

Aussitôt, le gros suisse ouvrit à deux battants : c'était Monsieur qui rentrait du Louvre.

A la suite de ses négociations avec Richelieu, qu'il avait d'abord voulu renverser, Monsieur avait obtenu entre autres avantages celui, très flatteur pour sa vanité, d'une escorte composée de quatre-vingts gardes françaises portant casaque et bandoulières de velours de ses livrées, rehaussées devant et derrière de son chiffre brodé d'or.

Il avait aussi vingt-quatre suisses qui marchaient devant lui, les dimanches et autres jours de fêtes, tambours battants, encore que le roi fût à Paris.

C'est donc précédé de ce bel équipage que Gaston d'Orléans, au retour d'une visite au Louvre, rentrait chez lui après avoir passé, naturellement, par le cours la Reine, où il avait fait étalage de sa présence et de sa richesse devant les badauds et les promeneurs fort nombreux ce jour-là.

* *

Lulli, heureux d'avoir une occasion de distraction, regardait l'escorte qui était arrêtée devant la porte, quand il entendit quelqu'un monter l'escalier quatre à quatre derrière lui.

Se retournant, il reconnut Gaston d'Orléans qui, très pressé, comme à son ordinaire, au lieu de rentrer dans ses appartements, situés au rez-de-chaussée, se rendait chez sa fille avec l'air de quelqu'un qui apporte une grosse nouvelle.

L'enfant se rappela que son perroquet n'avait pas mangé depuis le matin : chose qu'il aurait probablement oubliée si la curiosité de savoir la raison qui amenait « Monsieur » chez sa fille à cette heure inusitée ne lui avait suggéré l'idée de porter des graines à l'animal.

Le perroquet chéri était en effet dans le salon où se trouvait Mademoiselle, occupée à faire une partie de dames avec sa gouvernante, Mme de Saint-Georges.

Lulli s'était faufilé sans bruit derrière Monsieur, sa pochette de graines à la main ; et, caché par le perchoir du perroquet, tout en ayant l'air de s'occuper avec zèle de son élève, il entendit la conversation du père et de la fille.

« Eh bien, mon père ! demanda Mademoiselle, la promenade n'a donc pas été belle, que vous rentriez de si bonne heure ?... Ne deviez-vous pas dîner ce soir chez M. le Cardinal ? »

Gaston, qui marchait de long en large dans la pièce, sautillant, léger et sans pouvoir tenir un instant en place, répondit :

« Ma fille, je suis rentré de bonne heure, en effet, parce que je veux vous mener ce soir à la comédie.

« — A la comédie? interrogea Mademoiselle étonnée. Où donc?... J'ignorais qu'il y eût ce soir comédie à la cour? »

Gaston d'Orléans sourit, marcha sur une bonbonnière qu'il venait de laisser échapper de ses mains, et répondit :

« Ce n'est pas à la cour qu'il y a spectacle ce soir, mais au théâtre du Marais, où la troupe de l'acteur Mondory donne, paraît-il, le *Cid* de M. de Corneille, pour la plus grande joie des bourgeois et des manants qui s'y rendent en foule. »

Mᵐᵉ de Saint-Georges bondit à cette nouvelle.

« Votre Altesse, dit-elle, prétend mener sa fille à un théâtre autre que celui de la cour !

— Pourquoi pas? répondit Gaston. Le spectacle sera fort amusant, et je ne serai pas fâché, pour ma part, d'écouter, en dehors des tirades de Chimène que j'ai déjà entendues souvent, les réflexions et les cris de cette populace qui est, paraît-il, férue de spectacle au point qu'on ne peut pas trouver de places chez les comédiens du Marais. »

Mᵐᵉ de Saint-Georges fit une moue dédaigneuse et reprit sèchement :

« Votre Altesse me permettra de lui faire remarquer qu'une personne du rang de Mademoiselle ne peut pas aller au spectacle, en dehors de ceux qui sont donnés pour elle ou pour la cour.

— Cependant... fit la jeune fille désolée de cette opposition de sa gouvernante, j'aurais été si heureuse d'aller à ce théâtre du Marais dont on parlait justement hier chez la marquise...

— C'est impossible! » conclut sèchement Mᵐᵉ de Saint-Georges.

Monsieur sifflota un air de chasse, cassa une seconde bonbonnière, et, sans insister, car tout ce qui était pour lui la moindre cause de lutte lui répugnait, il ajouta :

« Eh bien! c'est bon... j'irai seul... Il faut écouter votre gouvernante, ma fille, il faut l'écouter; c'est une personne pleine de sens, et du plus grand mérite! »

Sachant qu'il était inutile d'insister, Mademoiselle, dont la mauvaise éducation était proverbiale, tira la langue à la digne Mme de Saint-Georges, et, allant s'asseoir dans un coin, elle se mit à bouder.

Gaston d'Orléans continuait cependant à parler du spectacle, auquel il voulait, disait-il, assister incognito; et, ayant sonné un valet, il lui donna immédiatement ses ordres :

« Qu'on fasse préparer pour sept heures le petit carrosse de voyage, » dit-il.

Mais soudain, se ravisant :

« Non, fit-il, mieux encore, j'irai à pied tout seul avec de Biron qui m'accompagnera; ce sera bien plus amusant... Oui! mais il me faut quelqu'un pour garder ma place... Je ne peux cependant pas m'encanailler jusqu'à arriver au spectacle devant que les chandelles soient allumées!... »

Lulli, qui avait entendu toute cette conversation, saisit au vol l'occasion qui lui était fournie par la réflexion du prince. Avant que celui-ci ait sonné à nouveau pour appeler le laquais, il sortait de l'ombre où il se cachait, et, venant se camper respectueusement devant Monsieur, il lui dit :

« Si Votre Altesse le désire, je pourrai aller garder sa place au théâtre. »

Gaston se mit à rire :

« Toi! dit-il, le garde au perroquet!... Pourquoi sembles-tu tant vouloir aller là-bas?

— Parce que j'ai grande envie de voir un théâtre, » répondit Lulli crânement.

Monsieur se tourna vers sa fille.

« Vous n'y voyez pas d'inconvénients? demanda-t-il, puis-je envoyer votre garde?

— Cela m'est complètement indifférent, répondit Mademoiselle, qui continuait à bouder; et si vous voulez y envoyer aussi Mme de Saint-Georges... »

La gouvernante ne releva pas cette insolence ; quant à Lulli, avant que Monsieur ait eu le temps de lui donner les instructions nécessaires, il avait couru à sa chambre, pris un feutre, un manteau, et, dégringolant précipitamment l'escalier, il arrivait devant la loge du suisse.

Cet important personnage refusa d'abord de le laisser sortir.

« Ordre de Monsieur! dit l'enfant fièrement; je vais garder sa place au théâtre du Marais, où nous allons voir le *Cid* de M. de Corneille! »

Le suisse, satisfait de cette explication, d'autant plus merveilleuse pour lui qu'il ne la comprenait pas, ouvrit enfin la lourde porte, et Lulli se trouva dehors.

Il marcha un instant au hasard, tout heureux d'être sorti de cet hôtel maussade; puis, arrivé rue des Coquilles, une rue qui aboutissait à ce moment sur la rue des Filles-du-

« Si Votre Altesse le désire... »

Calvaire, il demanda son chemin pour aller au théâtre du Marais.

Un bourgeois qui passait lui montra de la main une longue étendue, à peine éclairée par quelques rares lanternes, et lui dit :

« Petit, c'est là au bout, ton théâtre. »

Puis il ajouta en s'en allant :

« C'est curieux tout de même, ces gens qui se dérangent pour venir de si loin voir jouer des tragédies!... Enfin, chacun son goût, n'est-ce pas?... »

Et le brave bourgeois, qui était un droguiste de la rue des Lombards, rentra chez lui, avec la satisfaction de quelqu'un qui n'est pas assez bête pour sacrifier son bien-être à l'audition d'une tragédie, d'une invention de poète!...

Cependant, Lulli était arrivé devant une sorte de bâtiment éclairé à l'extérieur par deux rangées de lampions qui suivaient la largeur des portes et des fenêtres sur toute la largeur de la façade.

De chaque côté des portes, des affiches manuscrites annonçaient que :

Avec l'autorisation de S. M. le Roi, les comédiens du Marais donnaient ce soir une représentation du « Cid », tragédie de M. de Corneille, avec changement de théâtre et intermède de luth, épinettes, violes et violons.

Devant la porte s'esbaudissaient une quantité d'écoliers ou de porteurs d'escabeaux, ancêtres de nos ouvreurs de portières, qui attendaient les carrosses.

Sitôt qu'un véhicule s'arrêtait, ils se précipitaient, tels une volée de moineaux, se bousculaient, et c'était à qui arriverait à placer son tabouret derrière la voiture, de façon à ce que ceux qui étaient à l'intérieur pussent descendre sans se crotter les pieds.

Un peu étonné par tout ce mouvement, et impressionné par l'aspect de ce monument fantastique pour lui : un théâtre! Lulli se tenait devant la porte sans oser entrer dans le sanctuaire.

Comme ce devait être beau ce qui se passait là dedans, derrière ces murailles illuminées!

Il lisait et relisait l'affiche, pensait aux beaux vers que devaient débiter des gens habillés en rois, tandis que les accompagnaient des accords de luth et de viole. D'instinct, poussé par cette force intérieure, mystérieuse, qui devait décider de sa vocation, il se voyait dans cette maison maître et libre de commander aux musiciens et aux artistes.

Cette idée lui donna le courage d'entrer.

Sur la porte il se heurta contre une sorte de laquais, dont le feutre était entouré d'une bande d'étoffe sur laquelle on lisait : *Théâtre du Marais, receveur.* Cet homme l'interpella assez brutalement :

« Holà! dit-il, on n'entre pas ici comme au Louvre... Faut payer, petit! »

Lulli, dans sa précipitation à quitter les Tuileries, avait complètement oublié de demander de l'argent à son maître.

Il resta interloqué devant le cerbère, qui, impatienté, lui dit enfin en le repoussant vers la sortie :

« Tu n'as pas d'argent! file! décampe! Allons, oust! nous n'avons pas le temps de nous amuser; voici du monde qui arrive. »

« Tu n'as pas d'argent! file! décampe! »

Une forte bourrade ayant appuyé cette déclaration, l'enfant se trouva dans la rue, tout capot, se demandant s'il devait reprendre le chemin de l'hôtel et y revenir piteusement déclarer qu'il n'avait pu accomplir la mission dont il s'était chargé si étourdiment.

Non, ce n'était pas possible... Tout le monde se moque-

rait de lui; jamais plus on ne lui confierait la moindre ambassade. Et puis, ce théâtre mystérieux l'attirait. Il fallait entrer,
il le fallait à tout prix.

Tandis que Lulli ruminait ce problème, il remarqua plusieurs musiciens portant leurs instruments qui se tenaient
devant une petite porte, située à droite de celle où trônait le
grand laquais receveur.

D'instinct, l'enfant alla se joindre à ce groupe, et, à leur
conversation, il comprit bien vite que c'étaient les musiciens
chargés de l'intermède annoncé sur l'affiche.

« Puisqu'ils vont entrer, se dit-il, j'entrerai après eux, et,
une fois dedans, nous verrons bien. »

Le raisonnement était juste, et quelques minutes après,
suivant les instrumentistes, il pénétrait à l'intérieur du
théâtre.

Après avoir longé un couloir obscur, Lulli se trouva tout à
coup en pleine lumière, car il venait d'arriver jusque sur la
scène.

Il eut un moment d'émotion et une sorte d'éblouissement,
causé par les chandelles qui brûlaient à ses pieds et qu'un
valet déguisé en guerrier castillan achevait d'allumer.

Devant, s'ouvrait la salle de spectacle déjà aux trois quarts
remplie.

Deux rangs de galeries le long des murs formaient les
loges; et, au-dessous, dans le vaste espace appelé parterre,
se tenait debout une foule turbulente et hurlante, composée
de laquais, de soudards, d'artisans et de voleurs de profession, qui profitaient de leurs loisirs pour « tirer » quelques
manteaux.

Il resta un moment comme hypnotisé par ce spectacle; mais bientôt le rideau tomba, et il se trouva au milieu des comédiens en costumes qui venaient sur la scène voir, à travers la fente du rideau, si on pourrait bientôt commencer.

D'abord, au milieu du brouhaha, on ne fit pas attention à l'enfant; mais soudain Mondory, qui jouait le Cid, l'aperçut immobile sur la scène.

« Eh! gamin, cria-t-il de sa superbe voix, que fais-tu là? Il faut débarrasser le plancher... »

Lulli recula; mais il n'eut pas le temps de donner la moindre explication, car à ce moment l'orchestre, qui s'était placé en cercle au fond de la scène, commença l'exécution d'un morceau.

Dès lors, l'enfant perdit complètement la tête. Caché derrière une toile qui représentait le palais de Don Diègue, il écoutait, dans une sorte de rêve, cette musique qui le berçait et le grisait comme un vin trop fort pour sa cervelle d'enfant.

Il ne songeait plus à l'endroit où il se trouvait, à Gaston d'Orléans qui était sans doute arrivé dans la salle, et qui le cherchait; et, quand la musique s'arrêta, il écouta encore les vers que les acteurs lançaient maintenant tout près de lui, à pleine voix :

> Rodrigue, as-tu du cœur?
> — Tout autre que mon père
> L'éprouverait sur l'heure!

L'enfant, empoigné par l'action, vivait les beaux vers du poète; et, pendant que se déroulaient les péripéties du premier acte, des mélodies chantaient à ses oreilles. Avec son instinct de musicien il accompagnait de ses rythmes les péripéties de la pièce. Chimène ne parlait plus; elle chantait. Rodrigue provoquait de sa belle voix de ténor le comte de Gormas :

> A moi, comte, deux mots...

Lulli, se tournant vers l'orchestre muet, s'étonna de le voir inutile.

Il comprenait en cet instant l'union nécessaire de la musique et des beaux vers.

Dans l'esprit de cet enfant, égaré par hasard sur une scène, venait de naître l'idée de l'*opéra* dont, quelques années plus tard, il devait être l'inventeur...

Cependant l'acte venait de finir; le rideau était tombé, et sur le théâtre obscur, Lulli, sortant de son rêve, reprenait peu à peu ses esprits.

Un acteur, qui l'avait remarqué durant la représentation, vint à lui :

« Ah çà, mais, petit,... qui es-tu? lui demanda-t-il en le saisissant par le bras... Viens donc un peu par ici. »

Mondory, car c'est lui, traîna l'enfant vers une sorte de pièce que nous appelons aujourd'hui « le foyer » et où étaient réunis tous les acteurs de la pièce : Mlle Beauchâteau, Montfleury, Robert et d'autres moins connus.

« Çà, les amis, cria Mondory présentant Lulli à toute la troupe, quelqu'un connaît-il ce morveux qui se permet d'assister au spectacle derrière le rideau? »

Un silence général accueillit cette déclaration.

« Mais alors, gredin, continua le comédien en secouant l'enfant, tu es donc un voleur, un chenapan! Par où t'es-tu faufilé jusqu'ici? »

Lulli sentit les larmes monter à ses yeux; ses nerfs, surexcités par l'émotion déjà trop forte de la représentation, se détendirent, et, tombant sur une chaise, il se mit à fondre en larmes.

Les comédiens sont de braves gens, et ces pleurs de l'enfant les attendrirent.

Mlle Beauchâteau se leva, alla à lui, puis, lui caressant la joue :

« Allons, petit, dit-elle doucement, il ne faut pas pleurer ainsi... le camarade a une grosse voix et il crie fort parce qu'il joue Rodrigue, mais au fond c'est un bon diable qui ne veut pas te faire du mal. Voyons, explique-nous comment tu te trouves ici... Qui demandes-tu?... »

Ce disant, la comédienne avait dégrafé le manteau de Lulli, qui apparut dans son costume ridicule de garde au perroquet.

« Malpeste! dit Don Gomès, le gamin est bien habillé. »
Ce fut alors un étonnement général.
« Il est du théâtre!
— Mais regardez ces armoiries sur sa poitrine!
— Ce sont celles de Monsieur, je les reconnais. »
Se voyant découvert, Lulli se décida à parler et à avouer la vérité.

Il raconta comment il avait été envoyé par Gaston d'Orléans pour lui garder sa place au théâtre, et comment, n'ayant pas d'argent pour entrer, il avait suivi les musiciens par la petite porte.

Mondory bondit à cette nouvelle.
« Mais alors, s'écria-t-il, Monsieur est dans mon théâtre?...

— Oui, répondit Lulli, il devait y venir. »

Du coup, la représentation fut suspendue; tous les acteurs étaient hors d'eux. Monsieur, frère du roi, au théâtre du Marais!... Il n'en fallait pas davantage pour mettre l'établissement à la mode.

Mondory s'était précipité sur la scène, et, après avoir soigneusement fouillé la salle du regard, il aperçut tout au fond Gaston d'Orléans serré entre une vendeuse des Halles et un garde-française.

Monsieur avait l'air de s'amuser énormément et jouissait avec bonheur de son incognito.

Mais Mondory voulait tirer parti de la réclame que lui ferait la présence de Gaston d'Orléans dans son théâtre.

Il donna donc aux musiciens l'ordre de jouer pour occuper le public; et, descendant dans la salle en costume, il marcha droit vers Monsieur, auquel il tint le petit discours suivant :

« Nous savons que Votre Altesse s'intéresse aux choses de l'esprit, et nous la remercions d'avoir bien voulu honorer notre théâtre de son auguste présence; mais nous ne tolérerons pas qu'elle demeure plus longtemps mêlée à la foule. »

Monsieur eut beau protester, très ennuyé de cette manifestation, il dut suivre le comédien et monter avec lui sur le théâtre, où un fauteuil lui avait été préparé.

Pendant ce temps, le peuple applaudissait à tout rompre, séduit par la simplicité de ce frère du roi, qui avait conspiré contre Richelieu et qui venait sans escorte se mêler à la foule.

Quand Gaston arriva sur la scène, on lui mena Lulli. Tout penaud, l'enfant s'avança vers son maître, s'attendant à être tancé d'importance pour la singulière façon dont il avait rempli la mission qui lui avait été confiée.

Mais Gaston, très sensible à la popularité et heureusement disposé par les applaudissements dont il venait d'être gratifié, tira en souriant l'oreille de l'enfant et lui dit :

« C'est comme ça que tu me fais venir au théâtre incognito, toi?... »

Ce fut ainsi que se termina heureusement pour Lulli cette soirée qui devait laisser des souvenirs inoubliables dans sa mémoire d'enfant, soirée où il entrevit pour la première fois, à la lumière de la rampe, la route glorieuse qu'il devait suivre plus tard.

CHAPITRE VI

LES SOLES FRITES DE M. LE CARDINAL

CHAPITRE VI

LES SOLES FRITES DE M. LE CARDINAL

Mais Lulli n'était pas encore arrivé au bout de ses transfor-
mations.

Il escortait un jour sa maîtresse, qui revenait de l'assemblée de la comtesse de Soissons.

Dans sa hâte, voulant aider Mademoiselle à descendre de
sa chaise, il heurta maladroitement sa lanterne, et l'huile se
répandit sur le magnifique manteau de la jeune princesse.

Celle-ci, qui était sujette à des accès de colère comme son
père le détraqué Gaston, devint pâle de rage et interpella
brutalement l'enfant :

« Maladroit, maraud, bélitre! Hors d'ici! cria-t-elle sans
écouter les objurgations de sa gouvernante qui essayait vainement de la calmer.

« Vite qu'on m'emmène ce petit butor, continua-t-elle.

— Où dois-je mener le garde au perroquet? demanda respectueusement l'intendant.

— A l'écurie, à l'office, aux cuisines, n'importe où, mais surtout que je ne le voie plus! »

Et Mademoiselle furieuse rentra dans ses appartements en claquant les portes.

L'enfant, dont l'amour-propre était cruellement blessé, retenait ses larmes à grand'peine, et, résistant à l'intendant qui essayait de le consoler, il répétait, les dents serrées :

« Je veux m'en aller!

— Mais non, tu ne t'en iras pas, fit l'intendant, tu vas simplement changer de garnison, et, crois-moi, tu ne perdras pas au change. »

Lulli, toujours rageur, se laissa cependant enlever avec joie sa ridicule défroque de garde au perroquet et suivit l'intendant, qui le conduisit aux cuisines, situées dans l'aile gauche du château.

A leur arrivée ils furent reçus par un énorme personnage dont l'imposante bedaine ceinturée de coutelas remplissait toute la porte.

« Tenez, chef, fit l'intendant, voici un petit marmiton que je vous amène.

— Eh! par les cornes du diable! déclara d'une voix tonitruante le gros cuisinier, que voulez-vous que j'en fasse? J'en ai déjà dix.

— Eh bien, ça vous en fera onze, » répondit l'intendant, qui, heureux d'être débarrassé de son protégé, s'en alla majestueux sans ajouter une parole.

Lulli, quand il ne fut plus en présence de l'intendant, ne put pas conserver plus longtemps sa fière attitude, et il se mit à fondre en larmes, appuyé sur la grande table de la cuisine.

Le chef, qui s'appelait Planchet, était un brave homme. Il laissa ce gros chagrin s'épancher un instant, puis, posant sa lourde main sur la tête bouclée de l'enfant, il lui dit doucement :

« Allons, petit, faut pas pleurer comme ça... Tu ne seras

Ils furent reçus par un énorme personnage.

pas malheureux ici, papa Planchet n'est pas un mauvais patron. Il a deux enfants de ton âge, papa Planchet, et il sait comment il faut s'y prendre pour mener des gamins comme toi, sans trop les molester encore. »

Lulli, qui s'était enfin décidé à lever la tête, aperçut la bonne face rubiconde du gros homme qui lui souriait, et il s'enhardit.

La sympathie avait jailli entre ce bon papa et ce mioche malheureux; aussi celui-ci, mis rapidement en confiance, commença à raconter ses malheurs à son nouvel ami.

Il avait quitté son pays pour être musicien, et on lui faisait garder un sale perroquet qui mordait; on ne s'occupait pas de lui, aussi il s'ennuyait et regrettait sa maman, qui était pauvre, mais qui l'aimait bien... Ce n'était pas sa faute s'il avait cassé sa lanterne : il ne l'avait pas fait exprès, bien sûr.

Le cuisinier se mit à rire franchement à ce récit incohérent et entrecoupé de hoquets.

« Allons, petit nigaud, dit-il, ce n'est pas la peine de pleurer comme ça; tu seras plus heureux ici que là-haut, et, si tu veux faire de la musique, je ne t'empêcherai pas, moi, j'adore la musique.

« Pour commencer, tu vas aller te promener dans la ville ; j'ai besoin de persil pour mes pieds de mouton à la poulette; va m'en acheter, et ne te presse pas, tu sais, tu as le temps. Mais auparavant, viens, que je t'habille. »

Lulli, réconforté par la bonhomie de son nouveau chef, jointe à la perspective d'aller se promener seul par la ville, se laissa complaisamment revêtir de la veste blanche de marmiton et posa lui-même crânement sur ses cheveux noirs le bonnet de toile bien repassé.

Quand il fut ainsi accoutré, Planchet, le regardant avec un œil ravi, s'écria :

« A la bonne heure! tu as l'air de quelque chose maintenant... Prends ce panier et rapporte-moi du persil pour mon dîner de ce soir. »

Puis, riant de son gros rire, il ajouta :

« Tu as cinq heures devant toi : tu ne diras pas que je te presse trop; seulement ce soir, pour me remercier, tu me chanteras quelque chose, afin de me donner un aperçu de tes talents. »

Lulli remercia ce chef si jovial, et sortit des Tuileries par la porte de service qui donnait au bord de la Seine.

L'enfant fut ébloui par le spectacle tout nouveau pour lui qui s'offrit à sa vue.

A cette époque, les boulevards n'existaient pas, et la Seine était le centre du mouvement et des affaires, la grande rue de Paris.

Du cours la Reine à l'île Saint-Louis, elle était bordée de marchés en plein air, de stations de bateaux, de maisons flottantes.

Elle coulait lumineuse et gaie au milieu des petites rues obscures. Au loin on apercevait le pont Neuf, qui grouillait de marchands ambulants, de bateleurs, de faiseurs de parade, de pauvres diables occupés à se faire arracher les dents, couper les cheveux ou mettre des jambes de bois.

Le pauvre petit, qui depuis son arrivée n'était jamais sorti dans Paris que la nuit, resta émerveillé par ce spectacle, mais un peu étourdi aussi par le bruit et le mouvement particulier à cette époque.

On était en effet au début de cette agitation puérile que des historiens ont désignée du nom d'un jeu d'enfant : la Fronde.

Les causes de cette guerre civile furent en apparence un droit d'entrée sur les denrées, mais la cause réelle fut le désir pour les bourgeois de secouer l'arbitraire des ministres et de prendre part au gouvernement.

Le parlement, âme de la bourgeoisie, avait commencé la lutte en refusant l'enregistrement des nouveaux impôts.

Paris grondait et s'agitait peu à peu, sans que la régente ni la cour ne soupçonnât le développement que pouvait prendre ce mouvement à la fois aristocratique et populaire.

La ville avait à l'habitude sa physionomie de veille d'émeute. Ce n'étaient partout que conciliabules au milieu des rues, boutiquiers sur leurs portes. Des bandes armées de gros bâtons parcouraient les faubourgs, allant elles ne savaient pas trop où, et conspuant le Mazarin, que l'on rendait responsable de toutes les fautes du pouvoir et de la misère, qui était grande partout.

* *

Tandis que Lulli regardait sans comprendre ce spectacle nouveau et si amusant, il se heurta tout à coup, au coin de la rue Saint-Honoré où il s'était engagé à l'aventure, contre une vingtaine de jeunes gens et d'enfants habillés comme lui en marmitons et qui marchaient en chantant et en brandissant des lardoires, des cuillers à pot et autres accessoires de cuisine.

En passant près de lui, la bande s'arrêta, et l'un des marmitons, s'avançant vers Lulli, lui cria :

« Viens avec nous, camarade.

— Où ça? demanda Lulli.

— Chez le Mazarin.

— Pour quoi faire?

— Tiens, parbleu, pour piller son dîner; nous sommes les marmitons du roi, et notre maître n'a que deux petites soles pour son dîner de ce soir, tandis que M. le cardinal en a quarante. »

Avant que Jean-Baptiste eût le temps de se décider, il était entouré par la bande des marmitons, qui le placèrent au milieu d'eux.

Rien n'est contagieux comme l'enthousiasme.

Bon gré, mal gré, il fallut courir.

D'ailleurs, rien n'est contagieux comme l'enthousiasme de ceux qui vous entourent, et au bout de fort peu de temps Lulli ne songeait plus à autre chose qu'à aller piller le dîner du cardinal. Cette opération lui paraissait même de toute nécessité. Il criait plus fort que ses camarades, et, quand on arriva devant le palais, Jean-Baptiste était au premier rang des marmitons.

La petite troupe fit le tour du monument pour entrer par la porte des cuisines, qui était située par derrière. Mais là, elle

se heurta à l'armée des marmitons de Mazarin, qui, prévenus
de ce qui se passait, étaient venus se ranger en ligne pour
repousser l'invasion des marmitons royaux.

La bataille s'engagea aussitôt.

Oh! que c'était amusant!

Lulli ne se sentait plus de joie. On combattit à coups de
casseroles, à coups de pierres.

Trois fois les royaux arrivèrent jusqu'à la porte, trois fois
ils furent repoussés. On ferma devant eux la grille des com-
muns; mais qu'est-ce qu'une grille pour des enfants de dix à
seize ans?

On se mit à escalader les barreaux. Lulli, aidé par ses camarades qui le poussaient par derrière, venait de dégringoler
de l'autre côté de la grille et s'apprêtait à entrer enfin dans la
cuisine en brandissant une énorme lardoire, quand, soudain,
il fut étouffé, étourdi, aveuglé par une potée d'eau grasse qui
lui était arrivée en pleine figure.

L'armée du cardinal venait de trouver cette nouvelle
défense.

Des trombes, des déluges d'eaux grasses, tombaient de
toutes les fenêtres sur les malheureux marmitons, qui, à moitié asphyxiés, durent battre en retraite, les cheveux collés et
les vêtements souillés par la graisse.

Ils étaient vaincus!

La débandade fut rapide; chacun se sauva individuellement
par les petites rues obscures qui s'ouvraient derrière le palais
royal.

Lulli, tout mouillé, tout graisseux, se retrouva en pleine
nuit au milieu de la rue Saint-Honoré, ne sachant pas où pas-

ser pour regagner les Tuileries, où le chef Planchet devait commencer à trouver que le nouveau marmiton abusait un peu trop de la permission donnée de rentrer en retard.

Il arriva enfin vers neuf heures du soir à la porte de la cuisine des Tuileries.

Dans quel état, grand Dieu!

Le chef vint lui ouvrir, et, quand il aperçut son nouvel élève, il leva les bras au ciel.

Dans quel état, grand Dieu, lui revenait le petit Italien!

Content de le revoir tout de même, car il avait craint un accident, le bon cuisinier ne demanda pas d'explications.

« Allons, entre vite, gamin, dit-il; va te laver et changer tes vêtements, tu me raconteras ensuite où tu t'es fait si bien arranger. Mais à propos, continua-t-il en voyant que l'enfant rentrait les mains vides, et mon persil?

Lulli fut forcé d'avouer que, parti à une heure de l'après-midi pour acheter six liards de persil, il rentrait à neuf heures du soir, battu, sali et content, mais sans le persil.

Ce que voyant, le bon Planchet se mit à rire.

« Satané Italien, dit-il, tu deviendras peut-être un jour un bon musicien, mais pour le moment tu fais un bien mauvais commissionnaire. »

CHAPITRE VII

LE PREMIER VIOLON

CHAPITRE VII

LE PREMIER VIOLON

Le mauvais résultat de la première ambassade confiée à Lulli n'empêcha pas son chef complaisant de lui en confier d'autres qui, hâtons-nous de le dire, furent plus consciencieusement accomplies.

Le petit Italien passait sa journée dans les rues, où il s'amusait beaucoup.

Avec la mobilité habituelle aux enfants, il ne pensait plus du tout à ses chagrins, bénissant le Ciel qui lui avait fait quitter son emploi ennuyeux de garde au perroquet pour celui de marmiton, dans lequel il se trouvait parfaitement heureux.

Mais est-on jamais parfaitement heureux? Le bonheur de Lulli était assombri par un désir, un désir impérieux, fou, qui depuis huit jours était le but unique de toutes ses pensées et qui la nuit l'empêchait de dormir.

Au cours de ses promenades par la ville, il avait aperçu à

la devanture d'un luthier de la foire Saint-Germain un violon, un joli petit violon, un amour de violon !

Oh ! posséder cet instrument, quel rêve ! Lulli ne pensait plus qu'à cela.

Dans quel quartier qu'il eût affaire, il s'arrangeait toujours pour passer devant la boutique où se trouvait l'objet de ses désirs.

Un jour, il entra et osa demander le prix. Le marchand répondit d'un ton rogue à ce petit marmiton qui se permettait de pénétrer dans son aristocratique magasin :

« Tu veux acheter un violon, gâte-sauce ! Tu ferais mieux de t'occuper de tes casseroles.

— Ce n'est pas ce que je vous demande, répliqua l'enfant très calme... Combien le violon ?

— Trente-cinq livres, fit brusquement le luthier.

Et, lui montrant la porte, il ajouta :

« Maintenant file, petit, sans quoi ton roux va brûler ! »

Trente-cinq livres ! pensait Lulli en s'en allant... Comment se procurer une somme aussi considérable ?

Il marchait à pas lents, absorbé dans ses pensées et calculant combien il y a de sols et de deniers dans trente-cinq livres, quand il fut obligé de s'arrêter.

Machinalement, ses pas l'avaient conduit au pont Neuf, trop encombré pour qu'on pût le traverser sans regarder devant soi.

Le pont Neuf était envahi par des boutiques de petits marchands, de charlatans et de vendeurs de mort-aux-rats.

Les jeunes cavaliers avaient fait de cet endroit un de leurs rendez-vous favoris, et la mode voulait que l'on allât le soir sur le pont Neuf « tirer » les manteaux des bons bourgeois.

La cohue des charlatans était pittoresque : les uns étaient installés sur des tréteaux avec de la musique, d'autres parcouraient à cheval ou sur des chars la chaussée. Ils s'arrêtaient de temps en temps pour lancer leurs boniments, souvent fort amusants, dont les saillies étaient soulignées par les rires du public. C'est de là que partirent souvent les comédiens de l'hôtel de Bourgogne.

Pour l'instant, la foule était réunie autour de la baraque du sieur Brioché, montreur de marionnettes, dont le singe Fagotin faisait la parade et vendait des opiats.

Le petit Lulli regarda un moment comme tout le monde les pitreries du singe, mais son esprit était ailleurs : il pensait toujours à son violon.

Soudain, il se frappa le front, une idée merveilleuse, géniale, lui était venue. Il continua à marcher aux alentours de la baraque, car son agitation l'empêchait de se tenir en place, mais il ne s'éloignait pas, semblant attendre avec impatience que le spectacle fût terminé.

En effet, dès que le flot du public se fut écoulé et que Brioché eut emmené Fagotin, le petit musicien franchit les degrés de l'estrade et, entr'ouvrant la toile, se glissa à son tour dans la baraque.

Il trouva le patron qui comptait ses sols sur une petite table aux pieds carrés.

« Que désire Monseigneur? demanda le pitre ironique en apercevant l'enfant campé devant lui.

— Maestro, répondit Lulli dans son jargon moitié français, moitié italien, je voudrais vous faire une proposition. »

Flatté par ce titre de maestro auquel il n'était pas habitué, le tenancier de la baraque fit signe au gamin de s'asseoir sur un tabouret branlant qui se trouvait dans un coin.

« Je t'écoute, petit, dit-il.

— Maestro, reprit Jean-Baptiste de son air le plus naturel, j'ai besoin de trente-cinq livres et j'ai compté sur vous pour me les donner. »

Brioché bondit et, de sa plus belle voix de parade, l'interpella :

« Or çà! gamin, cria-t-il, te moquerais-tu par hasard du seul, du vrai, du grand Brioché, seigneur du pont Neuf, de la foire Saint-Germain et d'autres lieux? »

Lulli avait beau faire signe qu'il ne se moquait pas du tout, le baladin était parti, et rien ne devait l'arrêter.

« Eh! par la corne de Satan, pourquoi et comment te donnerais-je trente-cinq livres, enfant, au moment même où seigneurs, bourgeois et manants semblent désapprendre le chemin de ma boutique et ne m'achètent pas plus mon élixir pour recolorer les cheveux que mon baume souverain pour toutes les blessures?... Trente-cinq livres! Mais si j'avais cette somme pharamineuse, supercoquentieuse, je serais, je crois, aussi riche que le Mazarin et je voudrais donner en dot aux filles que je n'ai pas les trésors de toutes les Amériques et même mon singe Fagotin... »

Par habitude professionnelle, Brioché aurait peut-être continué longtemps ce boniment, quand Lulli, nullement intimidé par ce bavardage, l'arrêta en disant :

« Eh ! signor, qui vous parle de me donner de l'argent?

— Toi-même, répondit le faiseur de boniment; ne viens-tu pas de me dire que tu avais besoin de trente-cinq livres?

— Certainement, dit Lulli tranquillement, mais ces trente-cinq livres, vous ne me les donnerez que lorsque je vous les aurai fait gagner à vous-même. »

Brioché se tut, intéressé malgré lui par l'aplomb de ce marmiton qui, avec son accent italien et sa tranquillité, finissait par lui en imposer.

« Eh bien, soit, dit-il enfin, raconte-moi ce que tu désires. »

Lulli lui expliqua alors qu'il chantait à merveille, qu'il connaissait plus de cinquante chansons de son pays, et que, s'il voulait, il les chanterait devant sa baraque, ce qui ne manquerait pas d'attirer le public. Puis, sans attendre l'invitation du pitre, il se mit à entonner, de sa plus jolie voix, la romance des *Laboureurs florentins*.

Dès les premières mesures, Brioché fut alléché : le petit musicien chantait avec une telle sûreté, une telle pureté, que les profanes eux-mêmes subissaient le charme de cette voix, conduite avec un sentiment musical si parfait.

Renversé sur sa chaise, battant la mesure avec sa tête, le faiseur de parade admirait l'enfant, qui, se sentant encouragé, donnait peu à peu tous ses moyens.

Sa voix, franchissant la barrière de toile de la baraque, arrivait distincte dans la rue, et les curieux s'arrêtaient pour écouter aussi. Bientôt il y eut un rassemblement devant les tréteaux de Brioché, comme au beau temps où le singe Fagotin attirait le monde, et tout ce public, quand la chanson fut terminée, applaudit avec force, demandant à voir le chanteur.

Brioché comprit tout de suite le parti qu'il pourrait tirer pour son établissement de ce concours précieux et imprévu.

Il saisit l'enfant par le bras et le poussa sur les tréteaux situés à l'extérieur, puis il harangua la foule rassemblée :

« Holà ! cria-t-il, bourgeois et manants, nobles dames et beaux seigneurs ! Holà ! vous allez entendre le vrai, l'unique chanteur florentin venu d'Italie sur trois bateaux pour charmer vos seigneuries dans la baraque du sieur Brioché, votre très humble et très obéissant serviteur. Holà ! entrez, bourgeois, manants, nobles dames et beaux seigneurs ; vous ne payerez pas dix sols pour entendre le vrai, le seul, l'unique chanteur florentin dont la voix charma Sa Grandeur le doge de Venise lors de son mariage avec l'Adriatique ; vous ne payerez pas cinq sols, vous payerez un sol. Entrez ! »

Et la monnaie tomba comme grêle dans la sébile du bateleur.

Quand la somme parut suffisante à celui-ci, il fit signe à Lulli, qui, nullement intimidé par ce public auquel ses courses dans Florence l'avaient habitué, se mit à chanter une cavatine, puis une romance, enfin une ronde populaire.

La foule trépignait de joie et lançait toujours de la monnaie à Brioché triomphant, qui encaissait avec une légitime satisfaction.

Enfin il annonça :

« Assez pour aujourd'hui. Demain et les jours suivants, qu'on se le dise, le jeune chanteur florentin viendra encore vous charmer sur les tréteaux du sieur Brioché, votre serviteur, à trois heures de relevée. »

Puis, au milieu des applaudissements, il rentra dans la baraque en disant à Lulli :

« Et maintenant, petit, viens faire nos comptes. »

Les comptes furent mirifiques.

Le bateleur constata que l'enfant, avec ses chansons, lui avait fait encaisser en une demi-heure quatre livres huit sols, et, bon prince, il annonça :

« Holà, bourgeois et manants... »

« Tiens, petit, partageons.

— Merci, » fit Lulli en empochant deux livres quatre sols.

Puis il calcula qu'à raison de deux séances par jour il arriverait assez vite à récolter le prix de son cher violon.

Il promit donc à Briocbé de revenir le lendemain, et celui-ci l'embrassa en lui disant, de ce ton emphatique qui lui était devenu coutumier :

« Petit, tu seras un grand musicien ! »

A ce moment Fagotin, le singe, jugea bon de sauter sur la table comme il en avait l'habitude les jours où la recette lui semblait bonne et le maître souriant, mais Brioché le renvoya d'un revers de main.

« Vois-tu, mon pauvre Fagotin, dit-il, c'est fini pour toi. Ton temps est passé. Jusqu'ici le public t'a aimé, mais maintenant il préfère un homme à un singe... Chacun son tour ! »

Fagotin, qui comprit sans doute sa déchéance, partit la queue entre les jambes, et à partir de ce jour il devint triste.

CHAPITRE VIII

AU CLAIR DE LA LUNE!

CHAPITRE VIII

AU CLAIR DE LA LUNE!

Il n'y avait pas une semaine que les débuts triomphants de Lulli sur les tréteaux du pont Neuf avaient eu lieu, et déjà le petit musicien était en possession de son violon.

Ah! ce fut un beau jour, celui où il franchit le seuil de la boutique du luthier en serrant sur son cœur le précieux instrument!

Quand il entra, brandissant l'objet, dans sa cuisine, le chef Planchet lui dit :

« Qu'est-ce que tu vas faire de ça?... Sais-tu seulement jouer du violon? »

Lulli dut avouer que c'était la première fois qu'il touchait à un semblable instrument.

« Mais alors tu es un imbécile, reprit le cuisinier en riant, et tu as de drôles de façons de placer tes économies. »

Lulli ne répondit rien, mais il alla s'installer dans une

petite cour isolée sur laquelle ouvrait le cellier de l'hôtel,
s'assit sur une auge renversée et se mit à apprendre tout seul
le jeu compliqué de la vibration des cordes.

Inutile de dire que ses progrès furent rapides. Dès la première séance il était arrivé à accompagner ses chansons,
puis il chercha des airs nouveaux; enfin il ne bougeait plus
de la cour, où d'ailleurs le cuisinier le laissait bien tranquille
sur son auge.

« Il est tout de même bizarre, ce gamin, grommelait le
brave Planchet; avant, il passait toute sa journée dehors;
maintenant qu'il a son morceau de bois dans les mains, il
n'y a plus moyen de le faire bouger! »

Des semaines s'écoulèrent ainsi, pendant lesquelles Lulli
travaillait avec rage. Il était arrivé à jouer du violon, mais il
ne bornait pas là son ambition, et un jour il se décida à
mettre à exécution un projet qu'il ruminait depuis longtemps dans sa tête.

Déjà le violon ne suffisait plus au musicien, qui rêvait de
plus puissantes harmonies et qui prétendait exécuter les
mélodies qui commençaient à chanter dans sa tête. Il s'avisa
alors d'un curieux expédient pour faire jouer à grand orchestre un air qu'il venait de composer.

A l'issue du dîner des valets, il se leva et annonça :

« Mes amis, si vous voulez m'aider, nous allons nous
amuser. »

La valetaille est toujours disposée à perdre son temps. De
plus, le petit Lulli était très aimé à l'office; aussi tout le
monde, cochers, palefreniers et femmes de chambre, décla-
rèrent qu'ils étaient aux ordres du musicien.

Celui-ci leur expliqua qu'ils allaient jouer un air à grand orchestre, comme au théâtre.

Cette proposition fut accueillie avec acclamation.

« Que devons-nous faire? » demandèrent les domestiques très amusés.

Lulli se fit donner un certain nombre de verres et de bouteilles, qu'il plaça en rang sur la longue table de la cuisine; puis il remplit plus ou moins ces récipients d'eau de façon que chacun des verres représentât une note de musique.

Les basses furent obtenues par de grosses bassines de cuivre qui servaient à faire les confitures et que l'on tapait avec des cuillers de bois.

Au mur, les casseroles furent également rangées dans un ordre spécial.

Quand tout fut prêt, l'enfant donna à chacun ses instructions.

Celui-ci devait taper trois coups sur tel verre quand on lui ferait signe; cet autre ferait l'accompagnement en frappant alternativement sur trois casseroles.

Tout le monde étant à son poste, les verres bien accordés, Lulli se plaça au milieu du cercle, son fameux violon à la main, et le concert commença. O miracle! de cet ensemble bizarre de verres, de carafes et de chaudrons frappés en cadence, une musique charmante se fit entendre, accompagnant le chant du violon.

Lulli, tout en jouant, n'oubliait pas de faire signe à celui-ci, d'interpeller celle-là, et, après quelques accrocs, l'air se dégagea mélodieux dans sa simplicité.

Le petit musicien se mit alors à chanter des paroles enfantines qu'il avait mises sur sa musique et qui devaient rester populaires pendant des siècles.

> Au clair de la lune,
> Mon ami Pierrot,
> Prête-moi ta plume
> Pour écrire un mot.

Tout le monde était sous le charme de cette mélodie à la fois si simple et si plaisante, quand la porte de la cuisine s'ouvrit, et un seigneur parut sur le seuil.

Les domestiques étaient tellement occupés que personne ne remarqua son entrée.

« Attention ! le deuxième couplet ! » criait Lulli. Et il continua :

> Au clair de la lune,
> Pierrot répondit :
> « Je n'ai pas de plume,
> Je suis dans mon lit. »

Le seigneur, qui n'était autre que le comte de Nogent, resta interdit devant le spectacle bizarre qu'il avait devant les yeux.

Descendu furieux pour imposer silence à toute cette valetaille dont le vacarme arrivait jusqu'aux salons du premier étage, il subit comme tout le monde le charme pénétrant de l'air inventé par Lulli et il écoutait, se gardant bien d'intervenir avant la fin de ce curieux concert.

Au dernier accord, un porteur de chaise, s'étant retourné, aperçut le comte immobile et muet dans le cadre de la porte.

Il poussa un cri, et ce fut une panique générale, un sauve-

Tout le monde était à son poste.

qui-peut complet dans la cuisine. Seul, le chef Planchet, que sa dignité et son gros ventre empêchaient de courir, resta penaud et inquiet pour faire tête à l'orage.

Quant à Lulli, il ne voulut pas abandonner son protecteur dans le danger, et, posant soigneusement son violon sur la table, il attendit les reproches qui ne devaient pas tarder à pleuvoir sur eux.

A leur grand étonnement, le comte de Nogent ne se fâcha pas.

Très calme, il s'avança vers l'enfant et, lui saisissant en souriant le bout de l'oreille, il demanda :

« Où as-tu appris cet air-là, petit vaurien?

— Je ne l'ai pas appris, monsieur le comte, répondit l'enfant... je l'ai composé.

— Ah bah! reprit le comte étonné. Mais qui es-tu donc?

— Un Italien que monseigneur de Guise a emmené pour lui faire apprendre la musique à Paris.

— Pourquoi es-tu marmiton, alors?

— Parce que j'ai renversé de l'huile sur la robe de Mademoiselle. »

Le comte en savait assez; il ordonna à l'enfant de le suivre, et, sans rien dire à l'infortuné Planchet, qui, craintif, s'inclinait devant lui aussi bas que le lui permettait sa volumineuse bedaine, il se dirigea vers les salons.

A la porte, il se retourna vers Lulli qui le suivait.

« Prends ton violon, petit, lui dit-il, et viens. »

Le salon de la Grande Mademoiselle était plein de monde quand le comte y rentra suivi du petit marmiton. Il fut assailli de questions :

« Que se passait-il donc aux cuisines?

— Était-ce un mouvement populaire? »

Sans répondre, le comte demanda le silence, et tout bas il donna l'ordre à Lulli de jouer et de chanter son morceau.

L'effet fut bien celui qu'il attendait. Au salon comme à l'office, l'air charmant séduisit tout le monde par sa douceur et sa simplicité enfantine.

Et quand le comte eut expliqué que l'auteur était ce petit marmiton qui se tenait là, timide et gêné, au milieu du salon, l'enthousiasme fut complet.

Mademoiselle, qui tout d'abord n'avait pas même reconnu son ancien gardien du perroquet, auquel elle ne pensait d'ailleurs plus du tout, vint à lui et l'embrassa.

Gaston d'Orléans lui-même, qui, chose extraordinaire, était resté sans bouger pendant toute la durée du concert, sifflotait maintenant *Au clair de la lune,* sans s'arrêter, sauf pour affirmer que celui qui avait fait cela était un malin.

On fit causer Lulli, on lui demanda comment il avait appris à jouer du violon. Monsieur déclara enfin qu'il était dommage de laisser un enfant si bien doué dans les cuisines, et il donna immédiatement des ordres pour que Lulli fût attaché au corps des musiciens de sa maison.

« Eh bien, es-tu content? demanda à l'enfant Mademoiselle. Te voilà de nouveau au salon.

— Oui, répondit Lulli, en regardant de travers le perchoir sur lequel se dandinait toujours son ancien ennemi, mais on ne me fera plus garder le perroquet. »

La réception était terminée, tout le monde prit congé en

s'inclinant devant Mademoiselle. Quant à Lulli, il eut la joie
d'entendre les visiteurs fredonner en s'en allant :

> Au clair de la lune,
> Mon ami Pierrot...

Seigneurs et porteurs de chaise le chantaient dans la nuit
par les rues obscures, et l'écho des maisons parisiennes répétait aussi pour la première fois l'air célèbre qui, né dans la
cuisine des Tuileries, devait retentir à travers les siècles dans
les chaumières comme dans les châteaux.

UNE CHEMISE ET UN RHUME

CHAPITRE IX

UNE CHEMISE ET UN RHUME

Absorbé dans ses études musicales, qu'il faisait avec passion sous la direction du vieux maître de ballet de la maison d'Orléans, Lulli ne sortait presque plus et se préoccupait fort peu des événements de la rue.

Nous avons montré dans un chapitre précédent le commencement de cette révolution bourgeoise qui s'appela la Fronde.

La cour ne prit pas tout d'abord cette insurrection au sérieux; mais lorsque le peuple tout entier se souleva, déclarant à la régente qu'il *voulait* Broussel, ce conseiller au parlement qu'elle avait fait arrêter, il fallut bien reconnaître que les affaires prenaient une mauvaise tournure.

La régente céda, et Broussel fut rendu à la liberté, mais Paris n'en garda pas moins son aspect des temps troublés qui rappelaient l'époque de la Ligue. Les bruits les plus absurdes circulaient : on disait entre autres que la régente proposait une seconde Saint-Barthélemy. Les boutiques étaient fermées, le commerce n'allait pas, et tous les bons bourgeois ne se promenaient par les rues que porteurs d'armes vieillottes et démodées qui donnaient à la ville le plus pittoresque aspect.

Le Palais-Royal, où se trouvait Mazarin, la bête noire du peuple, était surveillé, car on savait que la reine mère et son ministre avaient grande envie d'être en sûreté hors de Paris, et le peuple ne voulait pas que le roi quittât sa capitale.

Mais que pouvait faire tout cela à notre petit musicien? Il passait ses journées paisiblement à travailler dans une grande salle située sous les combles du château et que l'on appelait la salle des répétitions.

Cette salle immense, dont les fenêtres donnaient sur la Seine, était tapissée d'instruments de musique à vent et à cordes. Deux clavecins attendaient le bon plaisir de l'artiste. Jamais le petit musicien n'avait rêvé semblable fortune.

Tous les matins, selon l'ordre donné par Gaston d'Orléans à la suite de l'aventure du concert des cuisines, Lulli prenait sa leçon, et il étonnait son vieux maître par ses progrès rapides.

L'après-midi, il composait un hymne pour le mariage de sa maîtresse, la Grande Mademoiselle, avec le petit roi Louis XIV. Cette nouvelle, dont on faisait des gorges chaudes dans le château, ne laissait pas de le surprendre quelque peu, car Mademoiselle avait vingt ans, et le roi dix seulement.

Mais il se dit que cela n'était pas son affaire et que, après tout, cette différence d'âge ne nuisait pas à la valeur de son hymne.

Ainsi le temps coulait, et Lulli, bien nourri, bien couché, vêtu de noir, libre de travailler tant qu'il voulait sa chère musique, se trouvait au comble de ses vœux.

Malheureusement les événement politiques vinrent troubler cette laborieuse et heureuse existence.

Par une froide nuit d'hiver, au mois de janvier 1648, Lulli dormait paisiblement dans sa petite chambre attenante à la salle des répétitions, quand il fut réveillé par un grand brouhaha qui remplissait tout le palais.

Il s'habilla à la hâte et descendit le grand escalier illuminé comme pour une fête.

Sur le palier du premier étage, le petit musicien trouva l'intendant fort affairé, qui lui cria, du plus loin qu'il l'aperçut :

« Allons, vivement, en route!

— Où allons-nous? demanda Lulli.

— A Saint-Germain, où Mademoiselle se rend avec toute sa maison. »

Un changement plaît toujours à un enfant de l'âge de Lulli. Sans se demander ce que signifiait ce voyage nocturne, il se dépêcha de rentrer dans sa chambre, où il fit un paquet de son linge et de ses vêtements, sans oublier naturellement son cher violon.

Au bout d'une heure, tout le personnel du palais se trouvait réuni dans la cour de l'hôtel, où les carrosses attendaient attelés.

Mademoiselle était d'une humeur exécrable, grognant parce qu'elle avait froid et gourmandant ses gens.

Lulli, qui connaissait l'humeur fantasque de sa maîtresse, alla se mettre sur le siège de la dernière voiture, et l'on partit par le cours la Reine, où était le rendez-vous fixé par la régente à toute la cour.

En route on rencontrait quantité de seigneurs à moitié endormis qui se hâtaient vers le cours la Reine, les hommes boutonnés de travers, les femmes en coiffes de nuit et traînant des enfants, tous effarés et se demandant ce qu'on allait faire de Paris et pourquoi la reine mère les forçait à fuir ainsi en pleine nuit.

La lune éclairait de ses lueurs blafardes tous ces carrosses contenant une cour en détresse. Vers deux heures du matin on partit dans le noir, cahin-caha, pour Saint-Germain.

Lulli, bien que contrarié de quitter la salle de répétitions et sa vie calme de travail, n'était pas fâché de voir un peu de pays.

Il demanda au cocher à côté duquel il se trouvait si on allait voir le roi; et quand celui-ci lui eut répondu que oui, il fut ravi à l'idée de faire la connaissance de ce roi plus jeune que lui, au milieu des splendeurs d'une cour en déplacement. Mais, dès l'arrivée à Saint-Germain, il fut bien étonné, car rien ne répondait à son attente.

Les rois avaient, à cette époque, une façon fort peu commode de se déplacer. Chaque fois qu'ils allaient s'installer dans un de leurs châteaux, c'était un déménagement complet. On ne laissait rien au Louvre, pas même un matelas, et à la rentrée on ne laissait pas davantage à Saint-Germain.

Cette singulière coutume avait pour conséquence que les invités du roi devaient pourvoir eux-mêmes à leur installation. Aussi les grands arrivaient-ils dans les châteaux royaux avec leurs lits, leurs rideaux et une suite nombreuse de cuisiniers et de valets.

Mais cette fois le déplacement avait plutôt l'aspect d'une fuite, et ces précautions avaient été négligées.

La cour arriva au petit matin dans un château vide et glacé.

La lune éclairait de ses lueurs blafardes...

Il fallut organiser des campements en attendant les bagages, qui suivaient par derrière.

Dans la matinée, une nouvelle arriva qui acheva de jeter le désespoir parmi les courtisans.

On apprit que le peuple, indigné de la fuite du roi, avait arrêté aux barrières les bagages de Sa Majesté et brisé les charrettes.

La situation était critique.

La régente, indignée et furieuse de cette audace incompréhensible, parlait de terribles représailles. Mais, en atten-

dant, le roi de France n'en était pas moins forcé de grelotter,
comme le dernier des gueux, dans un grand château
désert, où l'on ne pouvait même pas allumer du feu pour sa
cuisine.

Ce jour-là Lulli, qui cherchait à voir Louis XIV, fit la connaissance du souverain dans des circonstances qu'il ne devait
jamais oublier.

Comme il errait vers le soir dans le château, au milieu du
désarroi général, il aperçut par une porte ouverte une belle
chambre toute peinte, dorée, avec un petit feu et point de
vitres aux fenêtres, ce qui n'est pas très agréable au mois
de janvier.

S'étant approché, le musicien vit, au milieu de cette chambre glaciale, un enfant que plusieurs personnes déshabillaient
avec le plus grand respect. Au fond de la pièce, une dame
d'une quarantaine d'années surveillait l'installation d'un tas
de paille sur lequel on étendait des vêtements pour former
un lit.

Lulli comprit que ces personnages n'étaient autres que le
petit roi Louis XIV et sa mère la régente Anne d'Autriche.

Il se dissimula derrière le battant de la porte et, toujours
curieux, se mit à regarder ce qui se passait dans cette chambre si peu confortable et si peu royale. Tout pouvait manquer
à la cour de France en 1648, sauf l'étiquette, dont Voltaire a
dit qu' « elle est l'esprit de ceux qui n'en ont pas ».

Le petit roi se tenait debout au milieu du cercle des courtisans qui, par ordre de préséance, avaient droit d'assister
au grand coucher.

Cet ordre était assez difficile à établir dans les circonstances actuelles, les titulaires habituels des charges n'étant pas tous à Saint-Germain.

Enfin on s'accorda pour désigner le comte de Motteville comme valet de chambre de service.

Celui-ci s'avança vers le roi, après avoir fait trois révérences, et lui enleva successivement ses vêtements.

Où il dormit tranquillement.

Lulli, qui suivait l'opération avec beaucoup d'intérêt, plaignait le petit roi qui devait grelotter en chemise dans cette chambre glacée ; mais il n'était pas au bout de ses étonnements.

Le moment solennel de la chemise était arrivé. On sait que passer la chemise au roi constitue un des honneurs les plus recherchés de l'étiquette.

Louis XIV tout nu attendait donc sa chemise. M. de Motteville, valet de chambre de service, la tenait dépliée, pendant que le duc de La Rochefoucauld enlevait ses gants pour la prendre.

L'étiquette défend, en effet, de présenter quoi que ce soit au roi avec des gants.

Le duc prend la chemise, l'élève sur la tête de Sa Majesté, la porte s'ouvre : c'est le duc d'Orléans qui entre.

Le droit lui revient de passer la chemise ; il s'avance. Mais le duc de La Rochefoucauld ne doit pas la lui donner : il la rend d'abord au valet de chambre de service, qui la tend au prince.

Quand enfin celui-ci se décida à la jeter sur le dos du pauvre petit Louis XIV, l'enfant éternuait avec rage, tandis que, à chacun de ses éternuements, les courtisans s'inclinaient, ainsi que le prescrit encore l'étiquette.

Le roi, après cette cérémonie, put enfin aller se coucher sur le tas de paille que la régente lui avait fait préparer, et on empila sur lui tout ce que l'on trouva de vêtements disponibles pour essayer de le réchauffer.

Lulli quitta alors son observatoire en se disant :

« C'est ça un roi !... Ma foi, j'aime encore mieux être musicien. »

Et, sans attendre que quelqu'un vînt lui passer la chemise, le petit violoniste alla se blottir, tout habillé, dans un grenier à fourrage, où il dormit tranquillement au chaud toute la nuit.

CHAPITRE X

POUR UN PLAT AU GRATIN

CHAPITRE X

POUR UN PLAT AU GRATIN

Le lendemain, à son réveil, Lulli descendit dans la grande cour du château, où était réunie toute la domesticité.

Elle présentait le coup d'œil le plus pittoresque, cette cour dans laquelle étaient alignés les carrosses énormes des grands personnages.

Plusieurs de ces carrosses avaient encore leur mantelets relevés et servaient de chambre à coucher à leurs propriétaires, qui avaient préféré s'y installer que de grelotter dans les immenses pièces glaciales et vides du château.

Il faisait beau temps; un pâle soleil d'hiver éclairait le réveil de ce pittoresque campement.

Les valets causaient par groupes des événements politiques en finissant d'enfiler leurs livrées, et jetaient des regards méfiants sur les voitures qui renfermaient ces diables de seigneurs dont la présence les gênait.

Des paysans du village se pressaient devant la porte du château, curieux ou ironiques, afin de voir au moins les équipages du roi.

Lulli aperçut dans un groupe la bonne figure de son ancien chef le cuisinier Planchet, qui faisait de grands gestes et avait l'air d'être plongé dans une désolation profonde. Planchet se lamentait parce qu'il n'avait pas les ustensiles indispensables à sa cuisine.

« Comprenez-vous, criait-il à tout le monde, il me manque un plat au gratin!... Comment voulez-vous que je fasse mon dîner sans plat au gratin? »

On avait beau lui expliquer qu'il manquait encore à Saint-Germain bien des choses plus importantes que son plat au gratin, Planchet ne voulait rien entendre et bouleversait tous les chariots, à la recherche de son ustensile.

Heureux de revoir cet excellent homme, qu'il avait un peu oublié depuis qu'il avait quitté l'habit de marmiton pour celui de musicien, Lulli alla vers lui et le salua d'un bonjour des plus amicaux.

« Tiens! tu es là, petit! » fit Planchet ravi.

Puis, impressionné par le bel habit de drap noir que portait l'enfant, il s'arrêta :

« Faites excuse, monsieur le musicien, je vous parle toujours comme si vous étiez marmiton...

— Et vous avez bien raison, mon brave Planchet, reprit l'enfant en serrant la main du chef. Je n'oublierai jamais que c'est à vous que je dois ma nouvelle faveur. »

Mis à l'aise par cette attitude de l'enfant, qu'il retrouvait aussi affectueux et peu fier que dans le temps où il faisait si mal ses commissions, Planchet reprit son dada favori et recommença ses lamentations désolées.

Ce plat au gratin oublié, c'était sa carrière compromise, car sa spécialité consistait justement dans certain gratin de choux au parmesan qui avait suffi à établir sa réputation.

Lulli, connaissant la passion avec laquelle le bon chef pratiquait son art, compatissait sincèrement à son chagrin, quand le valet de chambre du roi parut dans la cour et, d'une voix retentissante, appela un cuisinier.

« Holà! maître Planchet, dit-il, tandis que le gros homme se hâtait vers lui, Sa Majesté est souffrante, et la reine demande tout de suite un lait de poule pour la réchauffer. »

Les valets, qui s'étaient approchés, entendirent cet ordre, et les commentaires allèrent leur train :

Eh bien! ce serait du joli si le roi tombait malade à Saint-Germain, dans ce château si inconfortable... Sûrement il avait pris froid pendant la nuit!

Du coup, personne ne travaillait plus, mais l'apparition soudaine de l'intendant du palais produisit un dispersement rapide des groupes, et chacun, sous l'œil du maître, eut l'air de reprendre sa besogne.

L'intendant appela :

« Vingt hommes pour aller à Paris tout de suite, » cria-t-il.

Tous se précipitèrent, et le fonctionnaire daigna expliquer.

Le malaise survenu au roi rendait pressante la nécessité d'une installation moins sommaire. Il fallait donc que vingt valets partissent sur-le-champ avec lui pour chercher au palais royal les lits et objets essentiels. L'entreprise était difficile, cor on savait que le peuple, de garde aux barrières, furieux du départ de la cour, ne laissait sortir de Paris aucun bagage du roi. Il serait peut-être nécessaire de se battre un peu, ou dans tous les cas d'agir par ruse.

« Dans une demi-heure, rassemblement sur la terrasse et départ, » conclut l'intendant.

Planchet commença aussitôt à supplier tous ceux qui se préparaient à l'expédition en les conjurant de prendre avant toutes choses aux cuisines le plat au gratin, qui, à l'entendre, était de nécessité plus immédiate que les lits, couvertures ou autres objets de peu d'importance.

Hélas! les supplications du pauvre Planchet étaient à peine écoutées par les domestiques occupés à leurs préparatifs et un peu inquiets de l'accueil que leur réservaient les frondeurs parisiens.

Le cuisinier, successivement rembarré par tous, avait perdu tout espoir. Il tomba assis sur une borne, la face congestionnée de chagrin.

Lulli, qui l'aperçut dans ce triste état, s'approcha de lui et essaya de le consoler. Mais le chef ne l'écoutait pas et se bornait à répéter :

« Je suis perdu!... que vais-je devenir? »

L'enfant avait à la fois envie de rire et de pleurer en voyant cette bonne face désolée.

« Ne vous frappez pas ainsi, maître Planchet, dit-il enfin. Vous l'aurez, votre plat au gratin.

— Et qui me le rapportera?

— Moi.

— Toi! fit le cuisinier incrédule.

— Mais certainement. J'ai une envie folle d'aller à Paris, et je vais me mettre du voyage. »

Laissant le chef à sa stupéfaction, il courut à l'intendant, lui expliqua qu'ayant cassé les cordes de son violon il était obligé d'aller en chercher d'autres pour jouer le lendemain à

« Je suis perdu. »

Mademoiselle un passe-pied qu'elle avait manifesté le désir d'entendre.

L'intendant acquiesça à son désir, et quelques heures plus tard Lulli entrait dans Paris avec les vingt valets, sous la conduite de l'intendant.

Les bourgeois qui gardaient les portes les laissèrent passer en les suivant de leurs sourires ironiques.

« Oui-da! dit l'un d'eux, nous vous laissons bien entrer; mais comment sortirez-vous? »

C'est aussi ce que se demandaient avec inquiétude les vingt hommes de l'escorte.

CHAPITRE XI

LE PANTIN DE LOUIS XIV

CHAPITRE XI

LE PANTIN DE LOUIS XIV

Au palais royal, M. l'intendant était fort occupé à surveiller le chargement des chariots qu'il devait ramener le soir même à Saint-Germain.

Tandis qu'on empilait sur les charrettes linge, lits, vêtements, Lulli arriva des Tuileries portant un plat qu'il serrait précieusement sur son cœur.

Il rencontra dans les couloirs du palais l'intendant, qui lui demanda ce qu'il portait là.

L'enfant lui raconta la promesse qu'il avait faite à son ami Planchet de lui rapporter le fameux plat au gratin.

« Tu t'es peut-être bien engagé, fit l'intendant soucieux.

— Pourquoi? demanda Lulli, ne serons-nous pas ce soir à Saint-Germain?

— Peut-être, » répondit le fonctionnaire.

Puis, comme se parlant à lui-même, il ajouta :

« Sais-tu bien, petit, que ces soldats de pacotille, ces bourgeois déguisés en militaires qui gardent les portes, sont bien
capables de nous empêcher de passer!

— Bah! fit l'enfant, avec des fusils on en aura raison... Le
roi est le maître, que diable! »

L'intendant sourit de cette juvénile audace de l'enfant;
mais il pensait, non sans inquiétude, que ses laquais étaient
d'aussi déplorables soldats que les bourgeois frondeurs, et
que, de plus, ils avaient le désavantage d'être beaucoup moins
nombreux. Aussi cherchait-il un moyen de sortir par surprise de la ville, ce qui n'était pas facile avec ses charrettes.

« Ah! dit-il enfin autant à lui-même qu'à l'enfant, si on pouvait les éloigner de leur garde!... Oui, c'est cela, au moment
de leur dîner, par exemple, lorsque les ménagères viennent
voir leurs époux. Alors la surveillance est mince... Si on pouvait trouver un moyen quelconque de les distraire! »

Et, poursuivant le cours de ses pensées, l'intendant s'éloi-
gna, toujours absorbé, sans plus s'occuper de l'enfant.

Un quart d'heure après, tandis qu'il présidait lui-même
à l'emballage du lit du roi, il se sentit tirer par la manche.
C'était Lulli.

« Monsieur l'intendant, dit l'enfant hésitant, je crois que
j'ai une idée au sujet de ce que vous me racontiez tout à
l'heure... les bourgeois... vous savez bien... Voulez-vous me
permettre de vous la communiquer?

— Raconte ton idée, enfant, » fit l'intendant, sans grande
confiance toutefois dans les inspirations stratégiques du petit
musicien.

Et celui-ci commença à exposer son plan.

L'intendant l'écouta, en souriant d'abord, puis plus intéressé. Peu à peu il se laissa aller à discuter, élevant des objections, approuvant à d'autres instants.

Lulli s'animait, l'intendant réfléchissait, et au bout d'un quart d'heure de conversation il tendit la main au petit garçon.

« Tope là, dit-il ravi et enchanté... tu es un malin petit bonhomme. »

Il ajouta :

« Si tu arrives à exécuter ce que tu viens de me raconter, Sa Majesté la régente entendra parler de toi. Et maintenant cours aux Tuileries chercher ton costume; moi, je vais m'occuper du reste. »

Lulli partit en courant, et l'intendant héla un laquais qui passait.

« Flandrin, dit-il à l'homme, tu as été charron de ton état... Dis-moi combien de temps il faudrait pour remettre une roue à une charrette. »

Le laquais réfléchit.

« Ça dépend, dit-il, si l'essieu n'est pas cassé.

— Nous casserons la roue nous-mêmes.

— Oh! alors c'est différent, reprit Flandrin. Avec des aides et tout ce qu'il faut sous la main, en dix minutes je me charge de faire la chose.

— Bon, dit l'intendant; viens avec moi, je vais te faire voir ce dont il s'agit, et je crois que ce soir nous arriverons à faire la nique à messieurs les bourgeois gardiens des portes de Paris. »

* *
*

Il était quatre heures du soir; le crépuscule tombe de bonne heure en hiver, et il faisait déjà presque nuit.

Les bourgeois de garde à la porte Saint-Honoré battaient la semelle pour se réchauffer, ou bien s'empilaient dans une auberge voisine où brûlait un grand feu, entretenu soigneusement par les braves boutiquiers frileux, que la dureté des temps avait forcés à faire métier de soldat.

Tout en geignant et en regrettant les époques paisibles où ils vendaient leurs épices ou aunaient des étoffes, ils prenaient leur rôle au sérieux et ne quittaient pas des yeux la porte qu'ils étaient chargés de surveiller.

C'est que les voitures royales étaient attendues, et on venait de les prévenir qu'elles avaient quitté le palais depuis une heure. Il ne fallait pas les laisser passer.

Cependant, lorsque les soldats-bourgeois virent les charrettes chargées à verser paraître au tournant de la rue, ils eurent un moment d'émotion.

Si les valets du roi allaient vouloir passer de force sur eux... grand Dieu!

De leur côté, les laquais du convoi faisaient les mêmes réflexions héroïques. Ils avaient d'ailleurs déclaré à l'intendant qu'étant valets et non point soldats, ils détaleraient à la première mousquetade.

Mais le plan de l'intendant ne comportait pas de bataille, ainsi qu'on va le voir.

Les voitures arrivaient devant la porte.

« Service du roi, cria l'intendant.

— On ne passe pas. »

L'intendant, s'étant assuré ainsi des sentiments des bourgeois, annonça tranquillement que, dans ces conditions, il
allait revenir dans la ville.

« On ne passe pas. »

Les bourgeois, ravis de cette facile et peu dangereuse victoire, se départirent de leur menaçante attitude, et on causa
un brin entre frondeurs et valets de Sa Majesté.

On gémit de la perturbation des temps, de la température
bien froide pour passer des nuits dehors, et enfin l'intendant cria :

« Demi-tour... nous rentrons au palais. »

Obéissant à cet ordre, les deux premières charrettes firent
leur évolution; mais la troisième, mal dirigée sans doute par

Flandrin, vint heurter la borne placée juste à côté de la porte; un craquement se fit entendre, et la voiture se pencha.

« Palsambleu! s'exclama le conducteur, ma roue est cassée... Impossible d'aller plus loin. »

Après quelques parlementations avec l'intendant, on décida que les deux charrettes rentreraient au palais et qu'on irait chercher un charron ou un autre véhicule pour débarrasser la porte.

Pendant ces pourparlers, un petit mendiant vêtu à l'italienne d'une souquenille rapiécée et coiffé d'un bonnet rouge s'était faufilé dans les groupes en demandant l'aumône, son violon à la main.

A ce moment arrivaient les ménagères qui portaient dans des paniers la soupe de leurs héroïques époux de garde à la porte.

Et toutes ces commères se mirent naturellement à bavarder et jacasser, tandis que les enfants qu'elles avaient emmenés couraient autour d'elles.

Le petit mendiant fit bien vite connaissance avec ces mioches, intrigués par son violon et son bonnet rouge.

Soudain l'un d'eux, un grand garçon de douze ans, s'écria :

« Il fait froid sur pied, petit violoneux; joue-nous donc un air de ronde pour nous faire danser.

— Volontiers, » fit l'Italien.

Et il commença un air de ronde populaire, que les enfants se mirent à chanter en chœur.

Les mamans ravies se rap...chèrent, suivies de quelques papas heureux de ce divertissement.

« C'est très joli, petit, dirent-ils quand l'enfant eut fini...
Joue-nous autre chose. »

Lulli, car on l'a déjà reconnu, jeta un coup d'œil sur la
porte près de laquelle gisait toujours la charrette, dans la nuit
qui était tout à fait venue:

« Nenni, mes bons amis, répondit-il de sa voix la plus
lamentable, on n'y voit goutte, et j'ai froid aux doigts.

— Eh bien, entre dans le corps de garde, fit le capitaine;
nos bourgeoises et nos gamins seront mieux là pour t'écouter et pour danser. »

Lulli céda à cette invitation qu'il avait prévue et entra..

Dans la grande salle mal éclairée, il accorda son violon et
commença une chanson populaire.

« Encore! encore! » cria la foule séduite.

Maintenant le violon chante une romance langoureuse, qui
fait passer dans l'auditoire un frisson ému.

« Encore! encore! »

Et le voici qui attaque un menuet à point d'orgue, un menuet
si gracieux, si cadencé, que toutes les commères, ne tenant
plus en place, se mettent à esquisser des pas et des révérences.

« Encore! encore! »

Le violon s'affole dans une danse rapide et endiablée. Les
cœurs sautent, les pieds se démènent, et des couples se
mettent à tournoyer dans le corps de garde, qui ne s'était
jamais vu à pareille fête.

Le son grêle du violon perce les murailles et arrive dehors
dans la nuit froide.

Il n'y a plus auprès de la charrette abandonnée que quatre
hommes grelottants de froid.

« Nous sommes bien sots, fit l'an d'eux, de rester figés auprès de cette guimbarde cassée, tandis que les camarades s'amusent si bien là dedans... Allons boire et nous réchauffer en écoutant la musique comme les autres. »

A peine les gardes se sont-ils éloignés que les laquais, qui attendaient ce moment, cachés dans le voisinage, arrivent, conduits par l'intendant.

Un seul soldat veillait près de la porte, distrait lui aussi par le violon qui chantait toujours. En un tour de main il est ligoté et bâillonné.

Pendant ce temps, les laquais, sans faire le moindre bruit, réparent la roue.

L'intendant les presse, fébrile et inquiet.

« Hâtons-nous... S'ils sortent, nous sommes perdus. »

Mais non, par la porte entr'ouverte arrivent les échos d'une voix fraîche d'enfant chantant les couplets d'une chanson que tout le poste reprend au refrain.

Des éclats d'un gros rire retentissent, les bourgeois ne pensent plus à la consigne; ils sont gris, véritablement grisés de musique et de joie.

Mais la voix s'enroue, le petit musicien est fatigué, il faiblit.

« Hardi, les amis!... Ils vont venir, fait l'intendant.

— Encore! encore! »

Plus vibrante que jamais, la voix résonne à nouveau; le vaillant enfant a surmonté sa fatigue, et il chante, et il joue une musique endiablée, fiévreuse, haletante, puis brusquement s'arrête...

Un roulement sourd, des cris, des claquements de fouet retentissent.

Au milieu du silence subit, Lulli s'est élancé vers la porte et a disparu dans la nuit.

Les bourgeois inquiets le suivent, leurs lanternes à la main.

Il est trop tard.

Quand ils arrivent près de la porte, ils ne voient plus la

En un tour de main, il est ligoté.

charrette, mais aperçoivent seulement leur petit violoniste qui, monté sur une carriole menée à toute allure par Flandrin, disparaissait sur la route de Saint-Germain, en leur criant un adieu ironique.

Les frondeurs avaient été joués par le malin petit musicien.

∴

Deux heures après, la charrette de meubles arrivait triomphalement sur la terrasse du château de Saint-Germain.

Tandis qu'on la déchargeait, la régente, heureuse du succès de l'expédition, fit mander auprès d'elle l'intendant, afin d'en connaître les détails.

Celui-ci prit Lulli par la main.

« Viens avec moi, petit, lui dit-il. Je t'ai promis de signaler ta belle conduite, et je veux le faire. »

Anne d'Autriche, assise sur une mauvaise chaise de paille que le gardien du château lui avait procurée, attendait l'intendant dans la grande salle des fêtes du rez-de-chaussée, mal éclairée par quelques chandelles fumeuses.

Tournant le dos, le nez appuyé contre les vitres d'une fenêtre, le petit roi, maussade et boudeur, ne se retourna même pas quand l'intendant et Lulli furent introduits.

« Monsieur, dit la régente à l'intendant, j'ai tenu à vous dire moi-même combien Sa Majesté et moi sommes satisfaits du résultat de votre expédition. Car nous en connaissions les difficultés. »

L'intendant s'inclina devant la reine, et lui montrant Lulli :

« Votre Majesté me permettra, dit-il, de lui présenter cet enfant, qui est seul cause de mon succès. »

A ces mots, Louis XIV se retourna et, regardant avec éton-

nement ce gamin presque de son âge, si curieusement accoutré, il demanda :

« Qui es-tu ?

— Un musicien de Mademoiselle, » répondit Lulli.

L'intendant raconta alors les détails du voyage à Paris, la
charrette brisée, le plat au gratin, les chansons, les danses
des soldats, et enfin la fuite au nez des soldats ahuris.

Le roi et la régente s'amusèrent beaucoup à ce récit, et
Louis XIV, qui n'avait pas ri depuis son arrivée à Saint-
Germain, s'avança heureux vers Lulli.

« Nous vous remercions, » dit-il avec ce ton de majesté que
ce roi enfant savait déjà prendre.

Puis, saisissant sur une table un pantin habillé de noir
comme un conseiller au parlement, que les courtisans avaient
fabriqué au jeune souverain pour l'amuser et baptisé Broussel, il le mit dans les bras de Lulli.

« Tenez, dit-il, nous vous donnons Broussel, en souvenir
de votre dévouement à notre personne. »

La régente posa sa main sur la tête du petit musicien et lui
dit aussi :

« Je me souviendrai, mon enfant, que, grâce à vous, le roi
de France couchera ce soir dans un lit. »

Et Lulli sortit confus du salon royal, le pantin dans les
bras.

« Que vais-je faire de cela ? se disait-il.

— Garde-le, dit l'intendant ; ce pantin pourra te servir un
jour. »

CHAPITRE XII

LA CHANSON DES GRELOTS

CHAPITRE XII

LA CHANSON DES GRELOTS

Six mois après les événements de Saint-Germain, Lulli, revenu dans sa chère salle des répétitions aux Tuileries, avait repris sa vie calme de travail et d'étude, espérant bien qu'on ne viendrait plus la lui troubler pour lui faire courir les aventures.

« Au diable la politique! » disait-il sans cesse quand il entendait parler les gens du château, fort occupés des événements qui ne cessaient de se précipiter.

La deuxième période de la Fronde, dite Fronde des seigneurs, battait son plein; tout le monde conspirait, les émeutes étaient journalières.

Quant au roi, après avoir fait dans Paris un retour triomphal, il était de nouveau en butte aux exigences du parlement, qui prétendait imposer à la régente le renvoi définitif de son bon ami Mazarin.

Quand Lulli eut suffisamment tapé sur son clavecin et joué du violon, il résolut, pour finir sa journée, de se rendre du côté de la tour de Nesle, où il savait que partisans de Condé et gens du cardinal de Retz devaient échanger quelques horions.

Le petit musicien s'accordait de temps en temps des distractions de ce genre, qui lui rappelaient l'époque où il baguenaudait en marmiton par les rues de Paris.

Au moment où il allait franchir la grille du palais, il s'arrêta en voyant un courrier tout poudreux, qui sauta de cheval et annonça devant lui au suisse qu'il était porteur d'un message pressant pour « Monsieur ».

Nous savons que Lulli était fort curieux. Il jugea donc que l'arrivée de ce courrier était, après tout, aussi amusante que les bagarres de la rue, et, pendant que le suisse était allé prévenir son maître, il lia conversation avec l'homme.

« Eh! camarade, lui dit-il, voulez-vous que je tienne votre cheval pendant que vous irez au puits tirer de l'eau pour vous rafraîchir?

— Ce n'est pas de refus, jeune homme, répondit le courrier, car le soleil tape dur, et j'ai deux doigts de poussière sur la figure. »

Tandis que le cavalier plongeait avec délice sa tête dans l'eau fraîche, Lulli continua son interrogatoire.

« Et vous venez sans doute de loin? demanda-t-il de son air le plus indifférent.

— D'Orléans.

— Tenez, voici un linge pour vous essuyer.

— Merci.

— Vous êtes porteur de nouvelles importantes?

— Suffisamment, » dit le courrier tout en continuant sa toilette.

Bref, au bout d'un quart d'heure d'interrogatoire mêlé à des prévenances, ce malin de petit Lulli savait que le courrier était envoyé par la ville d'Orléans pour porter à Monsieur un pli le priant, lui ou Mademoiselle, de venir au secours de sa ville, menacée à la fois par les troupes de Condé et par celles de Turenne.

Lulli, jugeant sa curiosité suffisamment satisfaite, rendit la bride du cheval au courrier et, plantant là le bonhomme, remonta dans sa chambrette.

« Allons, bon! se disait-il, voilà encore des complications; on était si tranquille!... Pourvu que ce courrier de malheur ne vienne pas encore nous déranger! »

Les pressentiments de Lulli ne l'avaient pas trompé ; quand il descendit, deux heures plus tard, pour le déjeuner, il trouva le palais tout entier en révolution, car Mademoiselle venait de donner des ordres pour son départ immédiat.

C'était elle qui allait à Orléans.

Bien entendu, Monsieur, avec son habituelle nonchalance, avait énergiquement refusé de s'y rendre lui-même, et il avait autorisé sa fille à aller soutenir par sa présence la fidélité des Orléanais.

La nouvelle de cette expédition s'était vite répandue, et le château était plein de curieux qui venaient, disaient-ils, voir Mlle Marlborough s'en allant en guerre.

On faisait les malles dans les chambres. La cour était encombrée par les cochers et palefreniers qui étalaient les harnais bien cirés, sortaient les voitures ou tressaient les queues des chevaux en les nouant galamment de ganses bleues aux couleurs de Mademoiselle.

La fille de Gaston d'Orléans surveillait elle-même ces préparatifs, pressant, activant, se démenant ainsi qu'elle avait l'habitude de le faire quand il s'agissait d'un plaisir ou d'un voyage.

Elle aperçut de loin Lulli qui, lassé de ce bruit et de cette agitation, s'apprêtait à remonter dans sa chambre, et elle l'appela.

« Holà ! mon petit musicien, venez donc, qu'on vous parle. »

L'enfant s'approcha, l'oreille basse, craignant déjà quelque lubie de sa bouillante maîtresse.

Celle-ci s'était tournée vers deux dames de ses amies, et, leur montrant Lulli, leur demanda :

« Qu'en dites-vous, mes chères? si nous menions aussi mon petit musicien?

— Pensez-vous prendre Orléans au son des violons? » fit l'une des dames un peu dédaigneuse.

Mademoiselle eut un geste évasif.

« Peut-être, répondit-elle; et puis le gamin est adroit, il l'a prouvé à Saint-Germain, et peut nous être utile. »

S'adressant alors à Lulli :

« Va te préparer, petit, lui dit-elle très catégoriquement, tu viens avec nous à Orléans.

— Pour quoi faire? » ne put s'empêcher de demander l'enfant.

Mademoiselle se mit à rire.

« Pour voir Orléans, parbleu! répondit-elle, ainsi qu'il convient à un musicien de la maison d'Orléans. »

Lulli connaissait sa maîtresse; il savait qu'il était inutile de discuter ses ordres et qu'elle tenait d'autant plus à une chose qu'elle était plus absurde; il se borna donc à saluer et se dirigea tout rageur vers sa chambre.

Quelle sotte idée il avait eue de se faire voir!... Ah! il était bien puni de sa curiosité! Le voilà encore obligé de quitter sa musique, son clavecin, son violon, pour aller de nouveau courir les aventures à la suite de son aventureuse maîtresse.

Tout en grommelant, il fit un petit paquet de ses hardes, sans oublier un rouleau de papier à musique, puis redescendit à la hâte dans la cour où l'on organisait le départ. Un carrosse de voyage et une vingtaine de chevaux sellés attendaient devant le perron.

Lulli se dirigea vers la voiture et s'apprêtait à monter sur le siège, quand Mademoiselle l'interpella du haut des marches où elle se tenait triomphante, vêtue d'une belle robe couverte d'or.

« Eh là! mon petit musicien, fi donc! dit-elle; tu veux monter en voiture comme une femme!... A cheval, gamin, et plus vite que ça! »

Elle fit un geste, et un palefrenier désigna à Lulli un cheval tout sellé en lui disant que c'était celui qui lui était destiné.

« Mais, dit Lulli piteux, je ne sais pas monter à cheval. »

Le palefrenier se mit à rire.

« Va toujours, lui dit-il, tu apprendras en route. »

Sans prendre garde aux protestations de l'enfant, il le campa sur la selle.

Aussitôt l'ordre de toucher fut donné, et, dans un grand fracas, le cortège se mit en route, suivi par les acclamations de la foule, qui était venue saluer Mademoiselle à son départ.

On franchit ainsi sans encombre le portail de l'hôtel et on s'engagea dans la rue Saint-Thomas-du-Louvre, pour gagner ensuite la rue Saint-Vincent et les quais.

Lulli commençait à être ballotté d'étrange façon sur son cheval, qui accélérait l'allure pour suivre son chef de file; mais l'enfant se cramponnait de toutes ses forces au pommeau de la selle, ne voulant pas que l'on se moquât de lui. Il maudissait seulement de tout son cœur les idées fantasques de cette princesse qui s'imaginait de partir en guerre avec son musicien.

Comme si c'était le rôle d'une jeune fille et d'un joueur de violon d'aller courir ainsi les routes!!...

Tant qu'on fut dans la ville, les choses ne marchèrent pas encore trop mal. A cause de l'étroitesse des rues et de l'encombrement du peuple, qu'un cavalier parvenait à grand peine à écarter, le train demeura assez lent.

Mais dès qu'on eut franchi la porte Saint-Honoré et que les postillons aperçurent devant eux une longue route de campagne, ils lancèrent l'attelage à toute allure, et la monture de Lulli suivit les autres.

Les grelots tintaient joyeusement, les sabots des chevaux résonnaient sur le sol durci. Dans la voiture, Mademoiselle, grisée de joie et de grand air, chantait avec ses compagnes, Mmes de Fiesque et de Frontenac, un de ces innombrables couplets qui couraient à ce moment sur les principaux frondeurs.

Mais le petit musicien ne prenait pas part à cette joie. A

Lulli commençait à être ballotté d'étrange façon.

chaque foulée du cheval il était projeté en l'air et retombait
sur sa selle par un miracle d'équilibre. Il tenait bon tout
de même, mettant son amour-propre à arriver jusqu'au
relai.

« Là, pensait-il, j'irai trouver Mademoiselle, et je lui avoue-
rai qu'il m'est impossible de continuer la route sur cet horrible animal. »

En attendant, on courait toujours dans des tourbillons de
poussière. La petite troupe avait passé Juvisy.

Lully, malgré qu'il sentît ses jambes en sang, tenait toujours bon, quand un événement imprévu vint tout gâter.

Au tournant de la route d'Étampes, un long train de bois
tiré par trois lourds chevaux apparut soudain.

Le postillon en tête, qui allait à toute allure, n'eut que le
temps d'arrêter brusquement sa monture pour ne pas donner en plein dessus. Lulli, qui pensait à toute autre chose,
ne put en faire autant, et son cheval vint heurter contre la
croupe de celui qui le précédait, tandis qu'il se trouvait projeté à trois mètres par-dessus les oreilles de sa monture, dans
l'herbe heureusement épaisse d'un champ voisin.

La voiture s'arrêta également de travers et faillit verser.

On entendit des cris de paysans et la voix rageuse de Mademoiselle qui demandait :

« Mais que se passe-t-il donc? »

Un laquais s'avança à la portière :

« C'est le petit musicien de Votre Altesse, dit-il, qui est
tombé. »

Mademoiselle descendit de voiture et, suivie de ses dames,
alla vers le malheureux petit garçon, qui se relevait piteuse-

ment en se frottant les côtes, mais ne s'était pas fait grand
mal.

« Eh quoi, petit! lui demanda la princesse railleuse, tu ne
sais donc pas te tenir à cheval?

— Pas plus que Votre Altesse ne sait jouer du violon, »
répliqua l'enfant vexé.

La fière Demoiselle faillit se fâcher en entendant cette
réponse. Mais, depuis l'aventure de Saint-Germain, elle avait
une certaine considération pour l'enfant, et, en souriant, elle
se contenta de lui dire :

« Allons, maladroit, monte dans la voiture, puisque tu es
incapable de faire un cavalier. »

L'enfant ne se fit pas répéter deux fois cet ordre; il aban-
donna sans regret sa monture, puis, clopin-clopant, se dirigea
vers le carrosse, suivi par les sourires moqueurs des suivantes de Mademoiselle, regardant avec dédain ce petit rustre
qui ne savait même pas se tenir à cheval.

Mme de Fiesque murmura même à voix assez haute pour
que Lulli pût l'entendre :

« Pourquoi nous avoir embarrassés de ce petit faquin! »

Cette remarque désobligeante rendit à l'enfant son aplomb
habituel, et il cherchait un moyen de se venger de ce dédai-
gneux mépris, pendant que les laquais remettaient tout en
ordre dans l'équipage.

Le hasard lui en fournit rapidement l'occasion.

Soudain son attention fut attirée par le bruit des grelots
que les chevaux de la voiture secouaient alternativement et
qui rendaient des sons argentins.

« Tiens, fit Lulli intéressé et dressant l'oreille, des notes. »

Il fredonna *do, mi, do,* puis, se dirigeant vers les chevaux, au nez du cocher qui ne comprenait pas ce qu'il faisait, il détacha les grelottières attachées aux brides et se mit à agiter les clochettes en cadence, cherchant à les mettre d'accord.

Quand Mademoiselle et ses suivantes revinrent pour monter en voiture, elles trouvèrent l'enfant occupé à cette beso-

Il se trouvait projeté à trois mètres.

gne et produisant ainsi une sorte de carillon dont l'harmonie les surprit agréablement.

« Que fais-tu, petit? demanda la princesse étonnée.

— De la musique, » répliqua Lulli sans s'arrêter.

Mais il avait réussi à mettre ses grelots au même diapason, et, se tournant vers les voyageuses, il annonça triomphalement :

« Si ces dames veulent se donner la peine de monter, je me

charge maintenant de leur accompagner les couplets qu'elles chantaient tout à l'heure. »

Amusée par ce jeu, Mademoiselle s'empressa de reprendre la chanson interrompue, et Lulli, secouant alternativement l'une ou l'autre des grelottières, soutint de trilles justes et éclatants la voix de sa maîtresse.

L'effet fut charmant, Mmes de Fiesque et de Frontenac elles-mêmes durent en convenir, et bientôt prirent part à ce concert improvisé.

Quand on remonta en voiture, Mademoiselle, complètement déridée, tapota les joues de l'enfant et lui dit aimablement :

« Allons, décidément, petit, tu es un gentil compagnon de route. »

Lulli regarda bien en face Mme de Fiesque et répondit :

« Chacun son métier, mesdames. »

Puis on repartit joyeusement, accompagné par la chanson des grelots, que Lulli vengé secouait avec entrain sur le siège de la voiture où on lui avait fait place.

LULLI ET MADEMOISELLE PRENNENT ORLÉANS

CHAPITRE XIII

LULLI ET MADEMOISELLE PRENNENT ORLÉANS

Après cette aventure, le voyage se poursuivit fort agréablement pour tout le monde.

A Tours, Mademoiselle trouva un détachement de troupes que Condé avait envoyé au-devant d'elle pour lui faire escorte, et le lendemain on arriva devant Orléans.

Au grand étonnement de tous, quand la petite armée se présenta pour entrer dans la ville par la porte située du côté de la Loire, les officiers de Mademoiselle trouvèrent cette porte fermée et barricadée.

On se remit en marche en contournant les remparts pour entrer par une autre porte, celle du faubourg Saint-Marceau. Mais là encore tout était fermé. Mademoiselle se décida alors à aller elle-même demander l'entrée, disant que, quand elle se serait fait reconnaître, la garnison s'empresserait de lui faire accueil.

Montée sur un beau cheval, suivie d'un brillant état-major, la princesse s'avança jusqu'au pied de la tour Blanche.

Du haut des remparts, les soldats regardaient avec étonnement cette belle amazone qui, les saluant de sa cravache, leur dit :

« Ouvrez à Mademoiselle de Montpensier, fille de Gaston d'Orléans, votre seigneur et maître. »

Ces paroles semblèrent produire un grand effet sur la garnison, et d'en bas on aperçut les soldats, qui se répandirent sur les remparts ; mais la porte ne s'ouvrit toujours pas.

Impatientée, Mademoiselle recommença sa sommation d'une voix vibrante de colère, et les officiers de sa suite assistèrent alors à un spectacle vraiment comique, dont la drôlerie déchaîna parmi eux un rire irrésistible.

Toute la garnison d'Orléans, maintenant réunie sur les murailles, rendait les honneurs militaires à la fille de leur seigneur, mais personne n'entre-bâillait la moindre porte.

Le gouverneur, que l'on apercevait devant ses troupes, saluait avec la plus grande honnêteté Mademoiselle interdite par cette attitude invraisemblable, à laquelle elle ne comprenait rien.

Au bout d'un moment elle vit une ficelle qui descendait le long de la muraille, portant à son extrémité un paquet et une lettre.

Un gentilhomme alla chercher ce paquet, qu'il porta à « la générale ».

Celle-ci l'ouvrit, et trouva une boîte de bonbons adressée par M. le gouverneur à « Mademoiselle, sa très gracieuse maîtresse, avec ses regrets de ne pas la laisser entrer dans

Orléans, de crainte que son armée n'y pénétrât sur ses talons ».

La situation était trop ridicule pour se prolonger. Mademoiselle exaspérée s'écria, en montrant le poing à cette ville si joliment révoltée :

« Eh bien, j'entrerai, dussé-je rompre les portes ou escalader les murailles. »

Le gouverneur saluait avec la plus grande honnêteté.

Puis elle partit au galop, suivie de Mmes de Fiesque et de Frontenac, ses « maréchales de camp ».

Lulli, qui avait naturellement assisté, comme toute l'escorte, à la mauvaise plaisanterie que les Orléanais faisaient à sa maîtresse, s'amusait follement.

Pendant que l'armée de Mademoiselle désorientée cherchait des cantonnements aux environs, il cherchait, lui, la jolie chanson qu'il comptait chanter le soir au bivouac sur la boîte de bonbons de M. le gouverneur.

Déjà il avait trouvé le premier couplet :

> Deux jeunes et belles comtesses,
> Les deux maréchales de camp,
> Arrivèrent avec Son Altesse
> Devant les murs d'Orléans.

Et il allait fredonnant le long de la Loire, désespérant de trouver un air assez guilleret pour accompagner une si amusante aventure.

Soudain, son attention fut attirée par des bateliers qui pêchaient sur la rivière, en ayant l'air de s'occuper fort peu de l'arrivée de Mademoiselle devant sa bonne ville.

Lulli, abandonnant ses rimes, se mit à s'intéresser à la pêche de ces braves paysans, qui, en fort peu de temps, capturèrent trois énormes anguilles.

Jugeant sans doute que la pêche était suffisante pour ce jour-là, ils dirigèrent leur barque vers une porte basse qui donnait sur le quai de l'autre côté du fleuve; ils ouvrirent cette porte avec une clef que l'un d'eux tira de sa poche, et, après avoir attaché leur bateau, disparurent par une sorte de souterrain, en emportant leurs anguilles.

Nous connaissons assez le petit Lulli pour savoir que c'était un enfant observateur et réfléchi. La disparition de ces pêcheurs l'intrigua.

« Où diable sont-ils donc passés? » se demanda-t-il.

Tandis qu'il cherchait à résoudre ce problème, il leva le nez et aperçut les pêcheurs marchant au-dessus de sa tête, dans une ruelle qui montait dans la ville.

« Tiens! fit-il, cette porte basse donne donc dans Orléans! »

Et il n'y pensa plus, reprenant le fil de ses couplets.

Tandis qu'il cherchait une rime à caramel, car les bonbons
de M. le gouverneur étaient des caramels, et qu'il hésitait
entre « naturel » et « criminel », il entendit une galopade
effrénée sur la route.

C'était Mademoiselle, qui, de plus en plus furieuse, continuait à faire le tour de la ville sans pouvoir y pénétrer.

Elle allait passer sans même apercevoir Lulli, tant elle était
agitée et mécontente ; mais celui-ci, qui, en regardant les
pêcheurs, en avait appris plus en un quart d'heure que Mademoiselle en tournant comme une enragée sur son cheval, lui
barra la route.

« Mademoiselle, » fit-il en s'inclinant respectueusement.

La fille de Gaston d'Orléans avait bien autre chose à faire
que de s'occuper de l'enfant.

« Eh bien, quoi ? que me veux-tu, petit ? dit-elle impatiente
en se préparant à repartir au galop.

— Mademoiselle, reprit Lulli, j'ai trouvé le moyen de faire
entrer Votre Altesse dans Orléans. »

Cette affirmation si nette eut pour résultat de fixer sur
place la bouillante fille de Gaston d'Orléans.

Depuis l'affaire des meubles de Saint-Germain, elle avait
appris à considérer son petit musicien comme un enfant intelligent, audacieux et d'un raisonnement supérieur à son âge.
De plus, son calme en imposait à sa fougue continuelle.

« Voyons, dit-elle d'une voix aimable, que me racontes-tu
là, Lulli ? Et comment prétends-tu que je pourrai pénétrer
dans cette ville maudite ? »

Mme de Frontenac, dédaigneuse, jeta de haut un regard sur
ce gamin.

« Peuh! ricana-t-elle, le petit musicien a sans doute l'intention de faire tomber les murailles au son de son violon. »

Mais Lulli, sans relever cette moquerie, exposa tranquillement son projet.

« Que Votre Altesse, dit-il, regarde bien cette porte basse et dissimulée par des herbes qui s'ouvre juste au ras de l'eau sur l'autre bord de la rivière.

— Je la vois, fit l'amazone. Après?

— Cette porte, continua Lulli, conduit directement dans la ville.

— Comment le sais-tu?

— Je m'en suis assuré.

Mademoiselle se tourna vers ses suivantes.

« Que pensez-vous de ceci, mes belles? » leur demanda-t-elle.

Mme de Fiesque haussa les épaules.

« Je pense, dit-elle, qu'il ne faut pas ajouter d'importance au bavardage d'un gamin qui ne connaît même pas le pays, alors que les paysans viennent de nous assurer à l'instant qu'il est impossible de pénétrer dans la ville.

— Et puis, ajouta Mme de Frontenac, comment ferions-nous pour ouvrir cette porte et pour nous y engager? Qui sait dans quel souterrain, dans quel trou nous risquons de tomber? »

Mademoiselle était embarrassée.

Prête à toutes les folies, elle était tentée d'essayer le moyen proposé par l'enfant; mais, d'autre part, les raisonnements de ses amies et leur dédain l'avaient influencée.

Enfin elle se décida :

« Allons chercher du monde, dit-elle, nous verrons bien ce que nous dirons de cette idée les militaires.

— Eh! qu'avons-nous à faire des militaires? fit Lulli impatienté; je me charge bien d'entrer tout seul dans Orléans... Que Votre Altesse reste là, bien tranquille, sur la rive, et si dans un quart d'heure je ne suis pas sur les murailles, elle pourra aller chercher des canons. Mais, pour le moment, c'est bien inutile. »

L'aplomb de l'enfant finit par agir sur les dames, qui, pensant à la gloire qui rejaillirait sur elles si elles arrivaient toutes seules, sans suite, sans escorte, à pénétrer dans la ville, résolurent de se laisser guider par ce petit joueur de violon tellement sûr de son dire.

Elles mirent pied à terre et attachèrent leurs chevaux à un arbre.

« Eh bien! va, dirent-elles à Lulli, nous attendrons que tu exécutes ta belle promesse. »

Lulli, sans attendre cette autorisation, détachait une barque qui se trouvait près de là et, sautant dedans, ramait vigoureusement vers l'autre rive du fleuve.

La Loire n'est pas très large à cet endroit, et de plus a fort peu de courant; il arriva donc facilement à la petite porte basse par laquelle il avait vu disparaître les pêcheurs.

Il attacha son bateau et essaya de tirer le verrou, mais la porte résista.

« Diable! pensa-t-il, ces damnés pêcheurs auraient-ils fermé la porte en dedans? »

Malgré tous ses efforts elle ne s'ouvrait pas, et déjà il entendait les rires moqueurs des dames sur le bord.

Mais Lulli était orgueilleux, il n'aimait pas qu'on se moquât de lui, et ces rires eurent pour résultat d'exciter son ingéniosité.

Renonçant à ouvrir la porte, il remarqua par-dessous, plongeant à moitié dans l'eau du fleuve, une sorte de soupirail grillé. Les barreaux, usés par le courant, étaient assez éloignés, Lulli n'était pas bien gros. Son plan était fait.

Vite il enleva son habit, jeta dans le bateau tout ce qui pouvait le gêner, et, bravement, il entra dans le fleuve sous les regards admiratifs des comtesses, qui avaient compris son projet et ne riaient plus.

Il s'agissait, en effet, pour Lulli de se glisser à travers les barreaux du soupirail pour aller ouvrir par derrière la porte fermée. L'enfant s'acquitta à merveille de cette besogne difficile.

Il engagea d'abord un bras dans l'intervalle, ainsi qu'il avait appris à le faire au temps où il vagabondait par les rues de Florence, puis la tête passa. Encore un effort, et son petit corps souple s'est faufilé!... il disparaît!

Mademoiselle est anxieuse. Qui sait où l'enfant est allé tomber?

Un temps assez long s'écoula, et déjà les comtesses s'exclamaient disant qu'un malheur était arrivé, c'était forcé... Elles l'avaient bien prédit.

A ce moment, un cri joyeux retentit; elles levèrent la tête et aperçurent sur le rempart Lulli tout mouillé, noir de vase, mais radieux.

Dans sa joie, oubliant tout respect, l'enfant envoyait des baisers à sa maîtresse.

Mademoiselle, à ce spectacle, ne dissimula plus son enthousiasme, et, battant des mains, elle cria :

« Bravo, petit! Maintenant viens nous chercher... Vite, dépêche-toi!

— Mais, ma chère, fit M⁽ᵐᵉ⁾ de Frontenac inquiète, vous ne comptez pas cependant nous faire passer par le soupirail?

Vite il enleva son habit.

— Non, répondit Mademoiselle, en regardant la superbe prestance de son amie, cela vous serait d'ailleurs difficile. Mais soyez assurée que mon petit musicien va nous fournir d'autres ouvertures. »

En effet, on vit bientôt la porte s'ébranler petit à petit et enfin s'ouvrir brusquement.

Par l'entre-bâillement apparut Lulli méconnaissable.

« La voie est libre, dit-il triomphalement; je vais chercher Votre Altesse. »

Puis, sautant dans le bateau, il le détacha et rama dans la direction des dames.

Dès qu'il eut touché la rive, Mademoiselle s'embarqua.

« Que celles qui veulent entrer dans Orléans me suivent, » dit-elle.

Mmes de Fiesque et de Frontenac ne riaient plus. L'inquiétude, pour ne pas dire la peur, se lisait clairement sur leur figure.

La perspective de s'engager sur l'autre rive les séduisait modérément, de même que d'arriver seules et par suprise au milieu de cette ville inconnue.

« Comment va-t-on nous recevoir dans Orléans? » murmuraient-elles.

Enfin, elles se décidèrent sous le regard moqueur de Lulli, qui, debout sur l'avant, leur tendait la main, et elles montèrent dans le bateau.

Tout en ramant, l'enfant s'amusait à les effrayer.

« Ah! dame, faudra baisser la tête pour passer dans le souterrain et ne pas craindre de se crotter; c'est pas large comme un corridor du Louvre, mais je n'ai pas mieux à offrir à vos seigneuries. »

Lulli n'avait pas trop exagéré en parlant des difficultés que des dames en toilettes d'amazones, coiffées de grands chapeaux à plumes, auraient à surmonter pour franchir le souterrain; lui-même n'était pas au bout de ses peines.

Il fallut, en effet, qu'il guidât la princesse pas à pas à travers une sorte de petit couloir à demi plein d'eau qui aboutissait à une excavation où étaient rangés des accessoires de pêche et des sacs contenant du sel.

Cette cave servait sans doute de cachette à des contreban-
diers qui fraudaient la gabelle.

Tout en gémissant, les suivantes de Mlle de Montpensier
arrivèrent à cette cave, mais c'était en cet endroit que la
route devenait peu commode.

Lulli montra à sa maîtresse une pente très raide couverte
de grosses pierres, de ronces et d'épines et en haut de laquelle on distinguait vaguement un rayon de jour.

« C'est par ici, dit-il simplement, qu'on arrive sur les remparts. »

Il ne fallait plus penser à reculer.

La première, Mademoiselle s'engagea sur la pente avec une
grande énergie.

Elle s'accrochait aux ronces, grimpant comme un chat le
long de ce dur couloir. De temps en temps de grosses pierres
roulaient, découvrant d'horribles bêtes : crapauds, couleu-
vres, énormes rats, dont la vue faisait pousser à la fille de
Monsieur, toute courageuse qu'elle fût, de petits cris d'effroi.

Enfin elle arriva au bout et allait pousser un cri de triomphe, quand elle aperçut non loin de là un poste de soldats.

Elle se rejeta brusquement dans le souterrain afin qu'on ne
la vît pas et pour attendre ses amies, dont l'ascension était
pénible.

Lulli avait fort à faire de pousser l'imposante Mme de Fiesque le long de la montée.

La malheureuse, empêtrée dans ses longues jupes, son
grand feutre lui couvrant la figure, montait cependant tant
bien que mal en maudissant Orléans et ce diable de petit
musicien qui la forçait à courir de semblables dangers.

Mais l'enfant n'avait cure de ces lamentations. Arc-bouté derrière la grosse dame, il la poussait de toutes ses forces; tant et si bien que quelques minutes après elle venait rejoindre Mademoiselle à l'orifice du couloir.

Après avoir rempli le même office avec M⁵ᵉ de Frontenac, heureusement plus svelte, Lulli, montrant à sa maîtresse la ville qui s'étendait à leurs pieds, s'écria, harassé de fatigue, mais joyeux tout de même :

« J'avais promis à Votre Altesse de la faire entrer dans Orléans, nous y voici. »

Mademoiselle embrassa l'enfant.

« Petit, lui dit-elle avec élan, je n'oublierai jamais ce que tu viens de faire. »

CHAPITRE XIV

INGRATITUDE

CHAPITRE XIV

INGRATITUDE

La coquetterie féminine ne perd jamais ses droits, et, avant de faire dans Orléans leur entrée triomphale, Mademoiselle et ses compagnes voulurent remettre un peu d'ordre dans leurs toilettes fortement abîmées par la terrible escalade.

Quand leurs chapeaux furent remis à peu près droits et leurs cheveux rattachés, quand elles eurent repris leur habituelle majesté, ces dames, suivies de Lulli, se dirigèrent crânement vers le poste.

L'officier qui le commandait resta un moment indécis en reconnaissant Mademoiselle. Enfin il se décida.

Allant au-devant de la princesse, il la salua au nom de toute la ville et fit battre le tambour en son honneur.

La nouvelle de cette arrivée inattendue se répandit dans Orléans avec rapidité, et, un quart d'heure après, la foule se

11

précipitait vers les remparts en criant : « Vive Mademoiselle! Point de Mazarin! »

Deux hommes s'avancèrent vers la fille de Gaston d'Orléans et la mirent sur une chaise de bois, qu'ils élevèrent sur leurs épaules. Ce fut dans cet équipage que Mademoiselle ravie fut conduite à l'hôtel de ville.

Sur le passage, tout le monde lui baisait les mains, et Lulli, en regardant ce débordement de joie populaire, se disait non sans fierté que c'était lui, un enfant, un gamin, qui en était cause.

A mi-chemin de l'hôtel de ville, le cortège rencontra les autorités, la tête basse et ne sachant quelle figure faire devant leur princesse.

Mademoiselle fit semblant de croire qu'elles étaient en route pour lui ouvrir et écouta sans broncher le discours du gouverneur, qui l'assurait de son dévouement et de sa fidélité.

Un bon moment pour la fille de Monsieur fut celui où elle se retrouva en face de son état-major. Les Orléanais s'étaient enfin décidés à laisser entrer la petite armée.

« Eh bien, messieurs, dit Mademoiselle en riant à ses seigneurs et officiers, je n'ai pas eu besoin de votre concours pour prendre Orléans. »

Le séjour dans cette ville pendant les semaines qui suivirent fut fort agréable pour Lulli.

Il était logé à l'hôtel de ville avec la suite de Mademoiselle et passait ses journées à se promener dans la ville, choyé et gâté par tous les habitants, qui cherchaient à faire oublier, par leur aménité et leurs bonnes manières, le peu d'empressement qu'ils avaient mis d'abord à accueillir la fille de leur seigneur.

Ce fut dans cet équipage que Mademoiselle fut conduite...

Mademoiselle de Montpensier jouait au soldat avec délice, passait des revues et prenait au sérieux le rôle de général qu'elle s'était attribué.

Bientôt elle reçut de Paris des lettres de félicitations qui achevèrent de mettre à l'envers sa pauvre cervelle.

Son père lui écrivait :

Ma fille, vous m'avez sauvé Orléans et assuré Paris; c'est

une joie publique, et tout le monde dit que votre action est digne
de la petite-fille de Henri le Grand.

L'état-major de Mademoiselle enchérissait sur ces compliments. Les officiers lui assuraient qu'elle avait le coup d'œil militaire, et elle en convenait de bonne grâce.

Au milieu de toutes ces adulations, elle avait complètement oublié le service que son petit musicien lui avait rendu. Elle en était même arrivée à croire que son courage seul et sa décision lui avaient servi à entrer dans la ville ; aussi la présence de Lulli l'importunait.

Quand il fut question de retourner à Paris, elle résolut de laisser l'enfant à Orléans, de façon à ne pas avoir avec elle, lors de son retour dans la capitale, ce témoin gênant de ses hauts faits.

Le jour de son départ, elle le fit appeler.

« Petit, lui dit-elle, je rentre ce soir à Paris et je dois rencontrer en route les troupes de M. le prince de Condé ; il va y avoir des batailles. Je juge que la place d'un musicien n'est pas au milieu des camps et des balles. Tu vas donc rester en notre ville d'Orléans, où des ordres sont donnés pour que tu y sois bien traité et logé au château. »

Voyant que Lulli paraissait peu enchanté de cette décision, elle lui tendit une bourse assez rondelette et ajouta plus bas :

« Voici pour te payer de la peine que tu as prise en m'aidant à franchir le souterrain. Maintenant, va, et fais-moi grâce de tes lamentations.

— Mais, ne put s'empêcher de demander Lulli, combien de temps vais-je rester à Orléans ?

— Jusqu'à ce que je te rappelle. »

Puis, coupant net cette conversation gênante, elle conclut :
« Telle est ma volonté. »

Elle manda ensuite le gouverneur et lui donna ses ordres.
Il aurait à garder Lulli au château.

Celui-ci serait bien traité, mais surveillé avec soin, car il
ne devait pas sortir de la ville jusqu'à ce que Mademoiselle
le fît savoir.

« Votre Altesse sera obéie, » répondit le gouverneur en
s'inclinant.

Lulli se trouvait dès lors prisonnier dans Orléans, et il se
demandait vainement en quoi il avait mérité ce traitement de
la part de sa maîtresse, à laquelle il avait rendu service.

Eh! pauvre enfant, c'était justement là ton crime, et tu
allais faire connaissance avec ce sentiment si piquant chez
les grands qu'on appelle l'ingratitude.

⁂

L'après-midi, Mademoiselle quittait Orléans à grand tapage.

Lulli se rendit sur les remparts, non loin de l'endroit où il
avait si heureusement guidé sa maîtresse, et assista le cœur
bien gros à ce départ. Il vit le cortège qui s'éloignait sur la
route de Paris au son des trompettes et au bruit des acclamations.

Quand la troupe eut disparu au loin dans un tourbillon de
poussière rosé par les rayons d'un superbe soleil couchant,
l'enfant revint triste et solitaire vers le château et monta dans

la chambre qui lui avait été désignée, en face de celle du gouverneur.

Qu'allait-il devenir dans cette ville morne, loin de son vieux professeur et de sa chère salle de musique des Tuileries ?

Il s'accouda à la fenêtre et pleura longtemps.

Mais au printemps de la vie le sourire succède aux larmes, comme au printemps de l'année le soleil dissipe la pluie.

L'enfant venait d'apercevoir un clavecin que le gouverneur avait eu soin de faire placer dans la chambre du petit musicien et que jusqu'alors celui-ci n'avait pas remarqué. La vue de cet instrument suffit à consoler Lulli.

« Bah! dit-il en séchant ses pleurs, je trouverai bien un moyen pour sortir d'ici. »

Puis, allant vers le clavecin, il plaqua machinalement quelques accords.

Petit à petit sa figure s'illumina, l'inspiration venait le visiter, et dès lors il ne sentait plus sa solitude.

Il s'assit, ses mains coururent sur le clavier, des harmonies chantaient à son oreille.

L'enfant pensait aux couplets qu'il avait commencés le jour de son arrivée à Orléans et qu'il n'avait pas eu le loisir de terminer depuis.

Il chercha de nouveau, mais les paroles qui arrivèrent à ses lèvres n'étaient plus les mêmes que celles qu'il chantait au bord de la Loire.

Elles étaient plus ironiques, plus mordantes, et raillaient impitoyablement sa fougueuse maîtresse.

Il travailla ainsi jusqu'au soir, fredonnant un refrain, et il

avait trouvé une dizaine de couplets quand le gouverneur
entra dans la chambre pour voir ce que faisait l'enfant dont
on lui avait confié la garde.

« A la bonne heure! fit-il en voyant Lulli absorbé dans sa

Qu'allait-il devenir dans cette morne ville?

besogne... Si tu travailles ainsi, tu ne t'ennuieras pas avec
nous.

— Je ferai mon possible, » répondit l'enfant.

Puis, se tournant vers le gouverneur, il lui dit :

« Je ne sais pas quand je sortirai d'Orléans, monseigneur,
mais voulez-vous que je vous dise en attendant comment j'y
suis entré?

« — Volontiers. »

Lulli se mit alors à chanter au gouverneur les couplets qu'il venait de composer, s'accompagnant sur le clavecin.

Il commença :

> Mademoiselle, grand capitaine,
> Entra, dit-on, dans Orléans
> Par une mine souterraine
> Et fit la mine en en sortant.
>
> Deux jeunes et fortes comtesses,
> Ses deux maréchales de camp,
> Suivaient sa Royale Altesse
> Dont on faisait un grand cancan.
>
> La bataille fut pacifique,
> Et même, il faut l'avouer,
> L'assaut devint assez comique
> Pour ceux qui purent y assister.

Encouragé par le gouverneur, qui s'amusait énormément, l'enfant continua ses couplets, racontant à sa manière l'aventure du souterrain. Il montrait de façon fort plaisante Mademoiselle barbotant dans la boue noire et perdant ses souliers, tandis que s'essoufflait derrière elle la plantureuse comtesse de Fiesque.

L'aventure racontée de cette façon était fort différente de la légende héroïque que Mademoiselle avait soigneusement accréditée dans la ville; aussi le gouverneur, renversé dans son fauteuil riait aux larmes.

Quand le musicien eut terminé, il le prit par la main, puis, descendant avec lui, il le fit entrer dans la grande salle où tous les échevins et quelques notables de la ville étaient réunis.

« Mes chers amis, dit le gouverneur devant toute l'assemblée, vous me permettrez de vous présenter ce jeune musicien que notre vénérée princesse nous a laissé après son départ... Il va vous raconter les hauts faits de la Grande Mademoiselle. »

Sans se faire prier, Lulli recommença à chanter ces couplets, pour la plus grande joie des braves bourgeois d'Orléans, heureux de pouvoir rire à leur aise de cette enragée Mademoiselle qui, comme les rats, entrait dans les villes par les égouts.

Le lendemain, la chanson était populaire dans toute la ville. Elle le devint ensuite à Paris et dans l'entourage de Mademoiselle.

Ce fut ainsi que Lulli, en véritable musicien, se vengea en musique de son ingrate maîtresse.

CHAPITRE XV

DANS UNE CAISSE DE CHOCOLAT

CHAPITRE XV

DANS UNE CAISSE DE CHOCOLAT

Lulli était déjà depuis deux mois à Orléans, attendant toujours l'ordre qui devait le rappeler à Paris, et cet ordre n'arrivait jamais.

Il est vrai que Mademoiselle avait bien autre chose à faire
que de penser à ce petit musicien, qui cependant lui avait
ouvert la carrière des aventures glorieuses au milieu des-
quelles elle se complaisait.

Depuis son retour à Paris elle nageait en plein bonheur, au
milieu des complications diverses de la Fronde.

Les troubles se prolongeaient, excités par les grands, qui
soulevaient le peuple même contre la bourgeoisie.

La reine avait cru tout terminer en faisant arrêter le prince
de Condé, mais cet acte d'autorité ne fit qu'augmenter le
désordre, et le parlement demanda formellement le renvoi
de Mazarin.

Le ministre se décida enfin à se retirer, la reine voulut le suivre, le peuple s'y opposa et cerna le palais royal.

Mademoiselle, toujours hantée par ses idées guerrières, avait pris parti pour Condé.

Ce général, campé avec son armée aux portes de Paris, semblait menacer l'autorité royale, que défendait Turenne, resté fidèle à la régente.

Lulli, pendant ces événements, était toujours à Orléans, où il s'ennuyait mortellement, malgré la sympathie que lui prouvait tous les jours le gouverneur.

Celui-ci avait beau mener l'enfant avec lui dans ses promenades en voiture ou dans ses visites, le jeune artiste souffrait de se sentir prisonnier et ne pensait qu'à partir.

Il demandait fréquemment au gouverneur s'il n'avait pas reçu l'ordre le rappelant à Paris, et le brave homme lui disait sur un ton de reproche :

« Tu es donc bien pressé de nous quitter, petit?

— Je l'avoue, monseigneur, répondait l'enfant. J'ai envie de retourner à Paris et de continuer mes études. »

Il avait écrit plusieurs lettres dans ce sens à Mademoiselle, mais il ne recevait jamais de réponse.

Aussi, perdant patience, il résolut un jour de s'enfuir de cette ville, qui était pour lui comme une grande prison.

« Puisque je suis arrivé à entrer par surprise dans Orléans, se disait-il, j'arriverai bien à en sortir, malgré la surveillance de cet excellent gouverneur. »

Et il guetta l'occasion favorable à sa fuite.

Cette occasion se présenta bientôt.

Les échevins d'Orléans, pour faire leur cour à Mademoi-

selle, lui envoyaient de temps en temps des ambassades chargées de lui porter des cadeaux : fruits, primeurs, chocolat, vinaigre, pain d'épice et d'autres spécialités du pays.

Un de ces convois devait se mettre en route le dernier jour
du mois de juin, et le gouverneur, craignant qu'il ne fût pillé
en route, car les chemins étaient peu sûrs au temps de la
Fronde, décida qu'il serait accompagné par une escorte de
paysans armés.

Lulli, qui entendait parler de cette expédition, jugea le
moment favorable pour mettre son projet de fuite à exécution.

En causant avec les gens du château, il apprit que tous les
colis destinés à être offerts à Mademoiselle étaient disposés
dans une grande pièce située au rez-de-chaussée et donnant
sur la cour d'honneur.

Son plan dès lors fut vite fait.

« Je serai, se dit-il en souriant, un des cadeaux que les
Orléanais envoient à Mademoiselle, et de cette façon elle sera
bien obligée de me recevoir. »

Le départ du convoi était fixé au soir même, car on avait
décidé de voyager de nuit pour éviter la chaleur, qui aurait
été préjudiciable aux fruits destinés à la fille de Monsieur.

Cette circonstance aidait beaucoup le projet du petit
musicien.

L'après-midi, quand le gouverneur vint lui faire dans sa
chambre sa visite quotidienne, Lulli affecta de se plaindre
plus fort que jamais de l'oubli dans lequel on le laissait, et il
supplia l'excellent homme d'écrire de nouveau à sa maîtresse
pour lui demander de le rappeler.

« Mais, mon cher Lulli, lui répondit le gouverneur, vous voyez bien qu'on ne veut pas de vous à Paris. »

Puis, paternel, il ajouta, en passant sa main sur la tête bouclée de l'enfant :

« Pourquoi toujours penser à nous quitter? Croyez-moi, le sage vit partout... Mangez bien, buvez frais, composez en paix vos chansons, et renoncez à votre Paris, auquel Orléans ne le cède en rien. »

Le musicien sembla reconnaître la justesse de ce raisonnement et déclara qu'il ne descendrait pas souper, afin d'achever plus tôt certaine marche qu'il comptait exécuter à l'église le prochain dimanche.

« A votre aise, » fit le gouverneur en s'en allant.

Dès qu'il eut entendu les pas du bonhomme s'éloigner au fond du couloir, Lulli se faufila par le petit escalier jusqu'à la cour d'honneur, et pénétra dans la remise où attendait toute chargée la charrette qui devait partir le soir même pour Paris.

Il l'examina longtemps, puis enfin avisa une grande caisse carrée placée à l'arrière et qui contenait du chocolat. Cette caisse lui ayant paru suffisante pour qu'il pût s'y renfermer, il chercha dans la remise un marteau ou une lame de fer.

Ayant enfin trouvé une pince, il attaqua la caisse par le côté et décloua avec précaution le panneau qui faisait face à l'extérieur.

Au bout d'un quart d'heure de travail il put détacher ce panneau sans le casser, et par l'ouverture il vida promptement la caisse de son contenu. Après avoir soigneusement empilé et caché les tablettes dans un coin de la remise, il essaya de s'introduire lui-même dans la caisse.

Heureusement Lulli, en dépit de ses douze ans, n'était pas encore bien grand, et il constata que, à condition de ne pas allonger ses jambes, il pouvait se tenir dans le coffre.

« Je ne serai pas très bien, se dit-il, mais dès que je serai hors de la ville j'en sortirai. »

Neuf heures sonnaient à l'horloge du château. Il n'y avait plus de temps à perdre pour terminer son installation définitive.

Il remonta à sa chambre, prit quelques hardes qui devaient lui servir à rembourrer sa prison roulante, et redescendit à la remise avec précaution, car il craignait d'y trouver déjà quelqu'un.

Heureusement elle était vide; les paysans commençaient à arriver dans la cour en portant des torches et causaient entre eux de leur voyage.

Lulli put donc, sans être vu, se glisser dans sa caisse. La grosse difficulté fut de faire tenir le panneau contre les parois. Il ne pouvait pas le clouer, puisqu'il était à l'intérieur. Alors il s'avisa d'un stratagème assez ingénieux : il planta un clou au centre du panneau, puis, s'étant glissé dans la caisse de façon à pouvoir tenir ce clou avec la main, il se trouva ainsi enfermé sans l'être, car il pouvait à volonté ouvrir sa porte pour se donner de l'air, ou la fermer pour se cacher.

A peine était-il installé que les charretiers entrèrent brusquement dans la remise avec des lanternes, pour atteler les chevaux à la charrette.

Vite l'enfant attira à lui la porte mobile, et son domicile prit l'aspect d'une excellente caisse de chocolat.

Les préparatifs de départ furent vite faits. Un quart d'heure après la charrette sortait de la remise, tirée par deux vigoureux percherons, et venait se ranger dans la cour d'honneur, attendant que l'escorte fût formée et que le gouverneur donnât le signal du départ.

Cette attente parut longue à Lulli.

A ce moment, où tous les yeux pouvaient se fixer sur la charrette, il n'osait pas ouvrir son panneau, qu'il tenait soigneusement appliqué contre la caisse, l'entre-bâillant par instants une seconde pour se donner de l'air, car il avait fort chaud.

Il tremblait aussi qu'on n'eût besoin de changer le chargement de la charrette pour y ajouter quelque colis.

Heureusement il n'en fut rien.

Le gouverneur donna enfin l'ordre du départ, et, au milieu des claquements de fouets, la charrette s'ébranla et franchit la grille du château.

Elle s'arrêta de nouveau aux portes de la ville, mais le conducteur ayant annoncé :

« Service de Mademoiselle !

— Laissez passer ! » dit l'officier qui gardait la porte, et on se trouva bientôt dans la campagne, au milieu de la nuit tranquille à peine éclairée par un vague clair de lune.

Les conducteurs montèrent sur les brancards, et derrière marchaient les gens de l'escorte. Lulli ne risquait plus grand'chose; il ouvrit son volet et respira avec délice l'air pur de la nuit, embaumé de la senteur des foins coupés.

Luili put se glisser dans la caisse.

Il s'applaudissait de la réussite de son stratagème et pensait non sans regret à la déception qu'éprouverait ce brave gouverneur quand, le lendemain, il s'apercevrait que son petit prisonnier s'était évadé.

La nuit se passa fort bien. L'enfant dormit même un peu et se disait à part lui qu'il préférait encore faire la route dans une caisse que sur le dos d'un cheval.

Au matin on arriva à Toury, où le convoi s'arrêta pour changer de chevaux. Lulli comptait quitter à cet endroit sa caisse pour continuer de son côté la route jusqu'à Paris; mais, mis en goût par cette manière de voyager, qui lui paraissait fort agréable, il résolut de continuer ainsi jusqu'à Paris.

A l'auberge de Toury, la charrette fut remisée sous un grand hangar, et il fut facile au petit musicien de quitter sa caisse sans qu'on le remarquât.

Dès qu'il eut mis pied à terre, il gagna la campagne par le derrière de l'auberge, et, une fois loin des regards de l'escorte, il se mit à courir comme un fou à travers un champ de blé, pour défraidir ses membres ankylosés par la route.

Après un quart d'heure de course, il s'aperçut qu'il avait faim. Mais, n'osant pas demander à manger à l'auberge, où il craignait d'être reconnu par les Orléanais, il alla frapper à la porte d'une ferme qui se trouvait dans les environs.

Là, avec l'argent de la bourse que lui avait donnée Mademoiselle le jour de son départ, il acheta du pain, but du lait, et, quand il fut restauré, regagna l'auberge par la petite porte de derrière.

Il put sans être vu se faufiler dans le hangar et rentrer

dans sa caisse, où il se trouvait au moment où le convoi se remit en marche vers Paris.

La route se poursuivit ainsi sans encombre, et le lendemain Lulli arrivait en vue des portes de Paris, enchanté d'avoir si heureusement terminé son voyage.

Mais on va voir que le petit musicien avait bien mal choisi son moment pour arriver, le 2 juillet 1652, dans une caisse, au faubourg Saint-Antoine.

CHAPITRE XVI

LE COUP DE CANON DE LA BASTILLE

CHAPITRE XVI.

LE COUP DE CANON DE LA BASTILLE

L'attention des conducteurs de la charrette qui portait les cadeaux de M. le gouverneur d'Orléans fut attirée, dès qu'ils arrivèrent aux environs de Paris, par une animation inaccoutumée.

Certes, on avait l'habitude, à cette époque, de voir des troupes en armes sillonner les routes et en venir même aux mains; mais l'aspect de la route d'Étampes depuis Juvisy était réellement inquiétant ce jour-là.

Ce n'étaient que défilés de soldats et fuite éperdue d'habitants dans la direction de Paris, tous les symptômes enfin d'une véritable bataille.

Que se passait-il donc?

Il se passait que Condé, qui était arrivé la veille de Saint-Cloud avec son armée pour entrer dans Paris par le faubourg Saint-Antoine, venait d'être attaqué par Turenne, qui était tombé à l'improviste sur ses derrières.

Au moment où la charrette portant Lulli arrivait aux portes de la capitale, la bataille s'engageait avec acharnement et se poursuivait jusque dans les rues hérissées de barricades.

Les Parisiens suivaient du haut des murailles cette lutte, qu'ils devaient payer cher, quel que fût le vainqueur.

La charrette, qui s'était engagée dans les rues, fut arrêtée dès qu'elle parvint à hauteur de l'hôtel Saint-Paul.

Lulli, se croyant arrivé, s'apprêtait à sauter à terre et à s'enfuir à toutes jambes en faisant un joyeux pied de nez à ses compagnons de route. Mais dès qu'il eut ouvert son volet pour voir l'endroit où ils étaient, il regarda étonné le spectacle inattendu qui s'offrit à sa vue.

Les paysans avaient formé le cercle autour du convoi, essayant de le défendre contre une bande de soldats qui prétendaient s'emparer de la charrette pour faire une barricade.

L'enfant comprit que quelque chose d'anormal se passait, et, tel le colimaçon rentrant dans sa coquille au moment du danger, il demeura dans sa boîte, en se contentant de suivre les péripéties de la lutte par l'ouverture.

Des cavaliers blessés passaient sans cesse devant lui. Dans l'un d'eux, en pourpoint blanc tout couvert de sang, il reconnut M. de La Rochefoucauld, qu'il avait vu souvent aux Tuileries.

Puis, ce fut Guiton, Valon, qui avaient pris part à l'expédition d'Orléans, et qui défilèrent également pâles, et soutenus par deux hommes sur leurs chevaux.

Toute la noblesse de France se faisait tuer dans la dernière de ces batailles contre la royauté.

Soudain, un grand bruit résonna dans la rue, couvrant les cris et les lamentations des femmes.

C'était une charge de cavalerie qui s'avançait, balayant tout sur sa route.

Lulli vit ses gardiens s'enfuir en désordre dans toutes les directions; il sentit une épouvantable secousse et se trouva

Il vit passer des cavaliers blessés.

projeté violemment sur le sol, avec toute la cargaison de la charrette.

Jugeant impossible de rester plus longtemps dans sa caisse qui gisait au milieu de la rue, l'enfant, contusionné par sa chute, voulut en sortir; mais quand il essaya de manœuvrer son panneau, il s'aperçut avec horreur que la caisse était tombée contre un énorme tonneau, qui bouchait l'ouverture de toute sa masse.

La situation était terrible.

Il risquait d'être asphyxié dans cette horrible caisse, ou bien d'être piétiné ou foulé aux pieds par quelque nouvelle charge de cavalerie.

Lulli s'arc-boutait de toutes ses forces pour essayer de repousser l'obstacle qui l'empêchait de sortir, mais ses efforts désespérés étaient inutiles.

Il cria, mais sa voix, étouffée par les parois de la boîte, se fondait d'ailleurs dans le brouhaha de la rue.

L'air manquait peu à peu à ses poumons, ses tempes battaient; il prêtait l'oreille, espérant maintenant la bousculade terrible qu'il redoutait quelques instants auparavant; tout était préférable à cette mort horrible par l'asphyxie.

Il tenta un dernier effort. Ah! s'il pouvait seulement déplacer un peu, un tout petit peu, le panneau qui fermait hermétiquement la caisse! Mais le panneau ne bougeait pas, et le petit musicien retomba évanoui dans sa boîte, qu'il considérait déjà comme un cercueil.

Combien de temps resta-t-il dans cette position? Il ne le sut jamais, mais, quand il se réveilla, il aperçut le ciel bleu au-dessus de sa tête. Puis, reprenant peu à peu ses esprits, il regarda autour de lui et vit des gens qui remuaient les colis tombés de la charrette.

C'étaient les soldats de Condé, qui pénétraient dans la ville par la porte que leur avait fait ouvrir la Grande Mademoiselle. La bataille était finie, la fille de Gaston d'Orléans venait de tirer elle-même, du haut des tours de la Bastille, ce coup de canon qui arrêta les troupes de Turenne victorieuses, sauva l'armée de Condé et, selon le mot de Mazarin, « avait tué son mari ».

La princesse s'avançait au milieu d'ovations sans fin le long du faubourg Saint-Antoine, escortée par l'armée en retraite qui lui criait : « Vous êtes notre libératrice ! »

Soudain sa marche est arrêtée par la barricade formée devant l'hôtel Saint-Paul.

Gisait un enfant à moitié évanoui.

« Qu'arrive-t-il donc? » demanda Mademoiselle inquiète, en voyant les troupes qui la précédaient s'arrêter brusquement.

La fille de Gaston d'Orléans s'imaginait déjà que le roi envoyait au-devant d'elle pour la faire arrêter.

Mais un grand éclat de rire retentit dans la foule, et les soldats s'écartèrent, montrant à Mademoiselle les cadeaux de sa bonne ville d'Orléans gisant en triste état au milieu de la

chaussée. Les barils de vinaigre éventrés coulaient au ruis-
seau; les gamins du voisinage pillaient déjà les corbeilles de
fruits et de pain d'épice, et, à côté d'une grande caisse de
chocolat, gisait, encore à moitié évanoui, un enfant dont
personne ne s'occupait, croyant qu'il était mort.

Mademoiselle reconnut son musicien, et, s'avançant vers
lui, elle l'interpella :

« Que fais-tu là, petit? lui dit-elle. Je te croyais à Orléans...
Es-tu blessé? »

Lulli, qui avait enfin repris ses esprits et sa respiration,
se remit lestement sur ses jambes et, allant vers sa maîtresse, prit sa main, qu'il baisa fort galamment, et enfin
lui dit :

« Que Votre Altesse me pardonne : je devrais être à Orléans
en effet, mais je suis ici tout de même. »

Voyant que Mademoiselle ne se fâchait pas et souriait au
contraire de son air piteux et contrit, il reprit son aplomb
habituel, et, dévisageant les colis qui encombraient la rue, il
ajouta :

« Malheureusement, les cadeaux destinés à Votre Altesse
arrivent en mauvais état; seul Lulli est à peu près entier, et
toujours capable de composer de la musique pour célébrer
la gloire de la Grande Mademoiselle. »

La fille de Gaston d'Orléans eut un geste évasif.

« Mademoiselle n'a que faire de la musique en ce moment,
dit-elle.

— Dois-je retourner aux Tuileries? demanda Lulli.

— Le roi m'a pris les Tuileries pour y loger son frère,
répondit la princesse.

— Alors, reprit l'enfant, où faut-il que j'aille?

— Où tu voudras, car je ne sais certes pas où je vais aller moi-même. »

Et Mademoiselle continua sa route, après avoir adressé à son petit musicien un vague geste d'adieu.

Lulli, sans comprendre les exigences de la politique, resta un instant interloqué après le départ de Mademoiselle. Qu'allait-il devenir? Il n'avait plus de maître, plus de domicile. Sa protectrice le laissait dans la rue, comme ses tonneaux de vinaigre et ses caisses de chocolat.

« Encore, pensait-il en regardant autour de lui les boutiquiers des environs qui se dépêchaient d'emporter chez eux les épaves du convoi, le vinaigre et le chocolat trouvent vite des amateurs; mais moi, qui va vouloir de moi maintenant? »

Et, quittant ce carrefour de l'hôtel Saint-Paul où de si graves événements venaient de bouleverser sa vie, il descendit la rue du Faubourg-Saint-Antoine encore toute frémissante de la bataille et, par la rue du Martroy, gagna la place de Grève.

Il marchait avec joie, heureux de détendre ses membres raidis par son voyage dans la caisse; il respirait avec force, et peu à peu sa tête encore alourdie se dégageait.

Il arriva ainsi au bord de la Seine, et, accoudé au parapet, il s'amusa longtemps à regarder comme autrefois, lorsqu'il faisait ses courses de marmiton, le mouvement du fleuve, qui était encore plus intense ce jour-là. Des barques pleines de soldats descendaient la rivière, qu'un superbe soleil couchant dorait joyeusement.

De ces barques arrivaient des chants et des rires; une

galère dorée filait, banderole au vent, soulevée par douze rames.

Au loin on apercevait les verdures du cours la Reine.

Ce spectacle reposant, après les horreurs et les fatigues de la journée, acheva de rendre le calme et la gaieté au petit musicien.

Il envisagea dès lors l'avenir à travers le double prisme du soleil radieux et de sa jeunesse et devint soudain tout joyeux.

Une idée venait de surgir dans son cerveau rafraîchi.

« Le pantin ! s'écria-t-il. Le pantin du petit roi !! »

Et, sûr de lui, sachant désormais de quel côté il dirigerait ses pas, Lulli se mit à marcher, ou plutôt à courir vers les Tuileries.

CHAPITRE XVII

RETOUR DU PANTIN

CHAPITRE XVII

RETOUR DU PANTIN

Sans s'en douter, le petit musicien venait de prendre une résolution très habile. Il ne faisait d'ailleurs qu'imiter tous ces seigneurs, tous ces courtisans qui, après la journée du 2 juillet, marquant la victoire du parti du roi et la fin de la Fronde, se dépêchèrent de faire serment de fidélité à Louis XIV, dont le règne réel allait commencer.

Lulli, dans la détresse de son isolement, s'était rappelé le pantin que la régente lui avait donné lorsqu'il avait été assez heureux pour apporter à Saint-Germain un lit pour le petit roi. Se trouvant sans abri et sans protecteur, il résolut d'aller demander aide et protection à celui qui lui avait donné ce pantin en l'assurant de sa reconnaissance.

C'était certes fort bien pensé.

Lulli arriva donc aux Tuileries. Il trouva l'hôtel dans le

plus grand désarroi. Les portes étaient grandes ouvertes, les escaliers pleins de monde, des laquais enlevaient les meubles particuliers de Mademoiselle et portaient ceux de Monsieur, frère du roi Louis XIV.

Au milieu de ce désordre, l'enfant put très facilement monter à sa chambre sans que personne fit la moindre attention à lui.

Tout était resté dans cette chambrette, située sous les combles, dans le même état qu'au départ.

Lulli courut à un petit placard qui se trouvait à la tête de son lit, l'ouvrit et aperçut le pantin de Louis XIV vêtu de sa robe rouge de conseiller.

L'enfant saisit le jouet, et il lui sembla que le pantin, en le regardant de ses yeux fixes, lui disait :

« Oui, c'est moi, je suis là!... c'est moi ton dernier ami, celui qui va faire ton bonheur. »

Tout ragaillardi par cet encouragement muet, Lulli fit une toilette soignée, rendue nécessaire par les péripéties de son voyage et les alarmes de la journée, puis, après avoir roulé « Broussel » dans les plis de son manteau, il sortit des Tuileries, toujours aussi facilement, et se dirigea vers le palais royal.

* *

Il faisait nuit quand l'enfant entra crânement dans le corps de garde du château.

Les officiers causaient avec animation des événements de

la journée et buvaient joyeusement en l'honneur de la victoire royale, qui allait terminer enfin cette odieuse révolution,
inutile et néfaste pour tout le monde.

Lulli alla tranquillement au groupe des officiers et
demanda à voir le roi ou la régente.

Les soldats se mirent à rire.

« Or çà, petit, dit l'un d'eux, tu crois donc qu'on entre
chez le roi comme dans un moulin? »

Lulli demanda à voir le roi.

Un autre s'avança menaçant, et de sa plus grosse voix
cria :

« Veux-tu filer, moucheron, et plus vite que ça? Nous
avons aujourd'hui autre chose à faire que de nous amuser
avec des gamins comme toi. »

Sans se laisser intimider par cet accueil, Lulli tira de son
manteau le pantin, et, le présentant à l'officier interdit,
insista :

« Veuillez, monsieur l'officier, faire parvenir ce jouet à Sa Majesté, en lui disant que l'enfant de Saint-Germain est en bas. »

Un rire général accueillit cette déclaration et l'exhibition du pantin.

Les officiers, croyant qu'ils avaient affaire à un jeune fou, s'apprêtaient à le prendre par le bras pour le jeter à la porte, quand un soldat se leva :

« Arrêtez, dit-il, je reconnais ce jouet; c'est Broussel, et je me rappelle, étant de garde aux antichambres, avoir vu Sa Majesté jouer avec, il y a quelques mois.

— Puisque je vous dis que le roi m'a donné l'ordre à Saint-Germain de lui rapporter aujourd'hui son pantin, » affirma Lulli.

Devant cette assurance, les officiers se consultèrent un instant, puis finalement l'un d'eux, prenant le jouet, se décida à aller le porter au gentilhomme de service.

La réponse fut assez longue à venir, et Lulli se demandait si son dernier espoir allait lui être enlevé, quand l'officier revint enfin avec l'ordre de conduire immédiatement l'enfant au pantin auprès du roi.

Lulli, pour arriver aux appartements particuliers de Louis XIV, traversa à la suite de son guide l'aile gauche du château, qui avait été construite par Richelieu.

Malgré ses préoccupations, l'enfant ne put passer sans remarquer la grande galerie peinte par Philippe de Champaigne et garnie de statues, qui menait aux antichambres.

Au premier étage, le petit musicien n'eut pas à attendre longtemps, car une dame d'honneur d'Anne d'Autriche vint le prendre et l'introduisit dans un grand salon où se trouvait le roi en compagnie de la régente.

Dès son entrée, Lulli aperçut le pantin, que l'on avait jeté sur une table, et que le jeune souverain regardait comme pour se rappeler les tristesses de sa fuite lamentable.

Louis XIV avait quatorze ans, et un air de grande majesté avait remplacé l'attitude peureuse et ennuyée que Lulli avait remarquée le soir où, grelottant, il attendait résigné sa chemise dans la chambre glaciale de Saint-Germain.

Le roi se montrait déjà sous l'enfant.

Dès qu'il aperçut Lulli qui se tenait immobile et timide au milieu de la pièce, il fit un pas vers lui.

« Que voulez-vous, monsieur? demanda Louis XIV d'une voix douce. Vous nous avez bien servi autrefois, ainsi que me le rappelle ce pantin, et nous sommes disposé à vous récompenser de votre zèle pour notre personne. »

La régente, sans rien dire, souriait aimablement en regardant Lulli et semblait l'encourager à parler.

L'enfant se décida.

Il raconta les terribles péripéties de sa journée, expliquant comment il se trouvait seul, sans asile, sans protection, après avoir été enlevé de son pays par le duc de Guise, puis abandonné par Mademoiselle.

Le roi fronça le sourcil.

« Vous étiez au service de cette folle! dit-il; et que faisiez-vous donc chez ma cousine?

— J'étais musicien, répondit Lulli.

— De quel instrument jouez-vous? demanda la régente.

— De tous. »

Anne d'Autriche sourit.

« Oh! oh! s'écria-t-elle, vous êtes un garçon précieux, et, si le roi y consent, nous pourrions vous enrôler parmi les violons de la chambre.

— Non seulement j'y consens, reprit alors le roi, mais je tiens à attacher à ma personne celui auquel j'ai donné autrefois mon pantin pour lui prouver ma reconnaissance. »

Louis XIV frappa sur un timbre qui se trouvait à portée de sa main.

Un seigneur entra.

« Monsieur le capitaine des gardes, dit le roi, veuillez conduire ce jeune homme, de notre part, à M. de Quinsac. Nous voulons qu'il compte dès ce soir parmi nos musiciens de la chambre... Allez! »

Le seigneur s'inclina et attendit Lulli, prêt à le conduire.

Mais celui-ci ne put pas conserver plus longtemps le sang-froid dont il avait fait preuve depuis le matin à travers tant d'événements divers. La réaction se produisit à la suite de ces paroles bienveillantes du roi, et, trop heureux pour pouvoir remercier, l'enfant, après avoir balbutié quelques paroles étranglées, se mit à pleurer.

Anne d'Autriche, attendrie par ces larmes si naturelles chez un petit garçon qui avait subi de si violentes émotions, s'avança vers Lulli.

« Allons, va, petit, dit-elle, et sois tranquille sur ton sort; tu seras plus heureux au service du roi qu'à celui de ton ancienne maîtresse. »

Lulli sourit à travers ses larmes, s'inclina devant le roi, baisa la main de la régente et suivit le courtisan.

A partir de ce moment, le petit musicien comptait parmi les « violons de la chambre » de Louis XIV.

CHAPITRE XVIII

LE VIOLON MOUILLÉ

CHAPITRE XVIII

LE VIOLON MOUILLÉ

Les musiciens du roi étaient des gens fort jaloux. Leur chef, un certain Pulcérin, absolument inconnu du reste, les avait réunis en vingt-quatre heures, à la suite du désir formé un jour par Louis XIV enfant de danser une pavane. On s'aperçut alors, avec étonnement, que le triste Louis XIII avait négligé cette institution, et qu'il n'existait plus de musiciens de la chambre.

Pulcérin avait dirigé un orchestre aux jardins de Renard. Un courtisan qui l'y avait connu l'amena juste au moment opportun pour qu'il fût nommé chef de l'orchestre royal. Aussitôt, il recruta où il put vingt-quatre instrumentistes, d'ailleurs médiocres, et ainsi fut constituée cette compagnie connue sous le nom de « la grande bande », qui devait être invincible, et était contrainte par son brevet d'éclipser tous les autres violonistes.

On comprendra que cette association privilégiée devait voir d'assez mauvais œil tout nouvel arrivant. Aussi, quand Lulli se présenta, son violon à la main, le lendemain de son entrevue avec la reine mère, dans le local affecté à MM. les musiciens de la chambre, il fut reçu assez peu aimablement par le chef et ses élèves, tous réunis ce jour-là.

« Çà! monsieur le protégé du roi, que savez-vous faire? demanda Pulcérin au jeune homme qui lui présentait ses civilités.

— Dame! monsieur le musicien, répondit Lulli, un peu interloqué par cet accueil, je sais jouer du violon, de la petite flûte, et pourrai même à l'occasion composer quelques morceaux, ayant étudié la fugue et l'harmonie, ainsi que le contrepoint. »

Pulcérin se mit à rire bruyamment.

« Voilà bien ces jeunes gens d'aujourd'hui, fit-il en montrant Lulli à ses camarades; par ma foi! ils ne doutent de rien. »

Puis il vint se camper devant le petit Italien.

« Quel âge avez-vous donc, jeune homme?

— Seize ans, » répondit Lulli.

Un tollé général accueillit cette réponse.

C'était à qui se moquerait le plus ouvertement de ce gamin qui, si jeune, avait obtenu la faveur de prendre place dans l'illustre compagnie. Les uns lui arrachaient son chapeau, qu'ils faisaient voltiger à travers la pièce, d'autres tiraient les basques de son habit; enfin, ce fut, pendant quelques minutes, un charivari fort peu harmonieux dans la salle de répétition de MM. les violons de la chambre.

Lulli laissa passer l'orage, car il commençait à posséder ce sang-froid et ce sens pratique dont il devait donner par la suite tant de preuves, et, profitant d'un moment d'accalmie, il domina le vacarme.

« Il est possible que je sois un enfant, dit-il, mais je ne sais pas qui, ici, se conduit en homme raisonnable. »

Un tollé général accueillit cette réponse.

Le chef Pulcérin, un peu impressionné par cette ferme attitude de son nouvel élève, imposa silence à la bande de forcenés, et, tapant de son archet sur le pupitre, il annonça d'une voix railleuse :

« Silence! Nous allons écouter le petit prodige et juger de ses mérites! »

Puis, tendant à Lulli son violon, que celui-ci avait déposé sur une chaise :

« Tenez, monsieur, dit-il, jouez-nous donc quelque chose, pour que je puisse savoir quand il sera possible de vous faire entendre dans les concerts que nous donnons trois fois par semaine à Leurs Majestés.

— A la bonne heure! fit Lulli en prenant l'instrument; vous auriez dû commencer par là! »

Et, crânement, comme quelqu'un qui est sûr de son talent, il attaqua une sarabande qu'il avait particulièrement travaillée pendant son séjour chez Mademoiselle.

L'effet fut immédiat, prodigieux!...

Les musiciens ne riaient plus; Pulcérin écoutait, l'air songeur, en se disant :

« Ce gamin a réellement du talent... Il faut trouver un moyen de m'en débarrasser! »

Quand Lulli eut terminé, il annonça simplement, au milieu du silence général :

« Vous m'excuserez d'avoir joué un morceau de ma composition; mais, comme vous ne m'aviez pas donné de musique... »

Pulcérin l'interrompit.

« C'est bon, jeune homme, dit-il avec un mauvais sourire, je vois que vous n'êtes pas maladroit; ce soir, vous pourrez venir au concert que nous donnons à la reine mère; vous remplacerez un de mes musiciens qui justement se trouve empêché.

— Oh! merci, fit l'enfant ravi.

— Prenez place à l'orchestre; nous allons répéter pour vous, car vous avez dans votre partie un solo important. »

Lulli crut avoir triomphé de l'animosité qu'il avait sentie à son arrivée dans la compagnie des musiciens.

Il remercia de nouveau le chef de la confiance qu'il lui témoignait et se mit à travailler avec zèle.

A la fin de la répétition, dont il se tira à son honneur, il quitta ses nouveaux camarades en prenant avec eux un rendez-vous pour le soir, neuf heures.

« Et surtout, soyez exact, lui répéta le chef, car je n'ai personne pour vous suppléer. »

Lulli partit dans le ravissement le plus complet.

Il se réjouissait d'avoir si vite réussi à imposer son talent, puisque ce Pulcérin, d'abord si désagréable, n'avait pas craint de lui confier un solo qui le classait tout de suite parmi les exécutants importants de la compagnie.

« Quel superbe début! pensait l'enfant, et comme je vais lui prouver que je suis digne de la protection que m'ont accordée Leurs Majestés! »

Ce disant, il faisait chanter dans son gousset les trois pistoles que lui avait données l'intendant du palais, en avance sur ses appointements.

Pour se mettre en mesure de mieux jouer le soir, il résolut de s'offrir d'abord un bon repas chez le traiteur où il avait déposé la veille son modeste bagage.

* *

Nous le laisserons à cette intéressante occupation pour retourner à la salle de répétition, où les musiciens, toujours

14

réunis en conseil, conspiraient une traîtrise contre cet
enfant qui se permettait non seulement de s'introduire parmi
eux, mais encore d'avoir un talent bien supérieur au leur.

On ne pouvait supporter pareille injustice, affirmait le
méchant Pulcérin, et il fallait aviser au moyen de se débarrasser au plus vite de ce dangereux petit personnage.

L'accord parfait, qui jusqu'alors avait si peu souvent régné
parmi les musiciens du roi, existait maintenant sur ce point.
Il fallait se défaire de Lulli!... mais comment?...

« L'important, déclara le chef, c'est qu'il ne joue pas ce
soir devant la reine; car, s'il joue, on le remarquera, et
nous ne pourrons plus ensuite le supprimer de nos pro-
grammes.

— Évidemment, répondit un grand diable de contrebassiste aux bras d'athlète; le mieux est donc d'aller l'attendre à
la sortie de chez lui, et de lui infliger une de ces corrections
qui le dégoûteront pour quelque temps de venir enlever le
pain de la bouche à des braves gens comme nous. »

Pulcérin hocha la tête.

« Prenez garde, dit-il, le gamin nous est venu de la part
du roi lui-même, et, en agissant ainsi, nous pourrions avoir
des ennuis.

— Bah! répondit le gros homme... On n'a pas besoin de
se faire reconnaître... Les rues sont sombres à huit heures
du soir... et je me charge de boucher rapidement les yeux à
notre gaillard!...

— A ton aise, acquiesça Pulcérin; mais sais-tu seulement
où habite ce joli merle?...

— Oui, fit un musicien, il nous l'a dit. Il habite rue Saint-

Thomas-du-Louvre, chez le traiteur qui est en face l'hôtel de Longueville.

— Bravo!... hurla le contrebassiste, je connais son logeur! C'est Mercier, un ami à moi... Tout va bien... Maître, je vous garantis que M. Lulli ne jouera pas ce soir le solo de Palestrina.

— Espérons-le, » dit le maître en hochant la tête.

Les dispositions furent vite prises.

L'un des musiciens fut chargé de remplacer le nouveau, dans le cas probable où il ne pourrait pas venir; puis la contrebasse et deux de ses amis, qui n'étaient pas du concert du soir, sortirent, annonçant qu'ils allaient dire deux mots au petit présomptueux.

Quant à Pulcérin, il laissa tout le monde s'en aller, car il avait son idée.

A peine fut-il seul dans la salle des répétitions qu'il alla vers la table où Lulli avait laissé son violon, tira l'instrument de sa gaine et, le brandissant, murmura, toujours avec son mauvais sourire :

« Ils ont leur moyen... c'est possible; mais le gamin est malin, et, dans le cas où ils manqueraient leur coup, prenons nos précautions!... »

Ce disant, le méchant homme se dirigea vers une fontaine qui servait aux musiciens pour se laver les mains après la répétition et, ouvrant le robinet, fit couler l'eau sur le violon du protégé du roi. Puis il replaça l'instrument tout mouillé dans sa boîte et quitta la salle, dont il mit soigneusement la clef dans sa poche.

Pendant ce temps, Lulli, qui ne se doutait nullement des

machinations qui se tramaient contre lui, était tranquillement attablé à la taverne Mercier, devant un salmis de fai-
san et une bouteille d'asti mousseux.

L'enfant se sentait dans les plus heureuses dispositions
du monde; il était seul, libre, riche : n'avait-il pas dix pistoles dans son gousset? et enfin, il appartenait à la maison
du roi.

L'avenir s'ouvrait devant lui brillant; aussi faisait-il grand
honneur au plantureux souper que l'hôtelier venait de poser
devant lui.

Il tranchait du grand seigneur, tapait vigoureusement sur
la table pour demander une seconde bouteille de vin, enfin
s'amusait tellement qu'il ne remarqua pas deux hommes en
grand conciliabule sur la porte de la taverne, qui le regardaient à travers le rideau relevé et ne perdaient pas un seul
de ses mouvements.

Ceux-ci n'étaient autres que la contrebasse et son ami, qui
commençaient à s'impatienter.

« Ah çà mais! dit l'un d'eux, le cadet m'a l'air d'être disposé à vider tous les flacons de la maison !

— Il va peut-être manquer l'heure du rendez-vous!

— J'en ai assez de lui voir lever le coude!

— Ma parole, ce crapaud boit comme un homme !

— Attention! le voici qui se lève. »

En effet, Lulli venait de constater à la pendule de la taverne
qu'il avait juste le temps de gagner le Louvre pour se trouver
à neuf heures au rendez-vous fixé par son chef de musique.

Il se leva, prit son feutre, son manteau, et sortit en disant
négligemment à son hôte :

« Je suis pressé, on m'attend au Louvre! »

Le patron salua très bas son pensionnaire, qui disparut dans la nuit obscure.

Il avait à peine tourné le coin de la taverne qu'il remarqua deux ombres blotties dans l'ombre de la porte de l'hôtel de Longueville; soudain, ces ombres, s'agitant, semblèrent vouloir lui barrer la route.

Lulli était brave, nous le savons; de plus, il avait ce soir-là de la jeunesse plein le cœur et du vin d'Asti plein la tête.

Il lança entre ses jambes un bâton.

Il marcha donc carrément à la rencontre de ceux qui l'attendaient, en se disant qu'il se trompait peut-être sur leurs intentions; mais, à ce moment, un rayon de lune démasqué par les nuages vint éclairer en plein les deux hommes, et, bien que ceux-ci eussent ramené les bords de leur feutre sur leur figure, l'enfant reconnut le grand contrebassiste qui l'avait houspillé le matin à la répétition.

« Oh! oh! se dit-il... ce n'est donc pas fini... Ils veulent m'empêcher d'arriver au Louvre!... Nous allons bien voir! »

Ce disant, l'enfant, qui avait une confiance très grande

sinon en sa force, du moins en son agilité, se mit à courir, espérant passer entre le mur et ses ennemis.

Mais le gros homme avait deviné cette intention de l'enfant, et, au moment où celui-ci filait à toute vitesse près de lui, il lança entre ses jambes un bâton qu'il tenait à la main.

Lulli s'embrancha et alla s'aplatir sur le pavé à trois pas en avant tout contre le mur de la taverne.

« Bravo!... crièrent les hommes... nous le tenons, le joli merle!... Il est démoli!... »

L'enfant ne bougeait plus. Étendu sur le dos, il regardait fixement une fenêtre du premier étage qui était celle de sa chambre. Et, au moment où les musiciens arrivaient sur lui pour le saisir et le bâtonner soigneusement, il se releva d'un bond, sauta sur le dos du gros contrebassiste ahuri, empoigna le volet de la fenêtre et, s'aidant des pieds le long de la façade, il arriva à se hisser jusque chez lui, en poussant un « ouf » de satisfaction.

Il était sauvé. D'en haut il narguait maintenant ses ennemis restés capots sous la fenêtre, dans cette situation ridicule de gens qui viennent de manquer leur coup.

A ce moment, le beffroi de Saint-Germain-l'Auxerrois sonna la demie avant neuf heures.

Lulli courut à la porte de sa chambre; elle était fermée à clef.

« Diable! pensa-t-il, j'ai évité ces chenapans, c'est vrai; mais auraient-ils l'intention de me tenir prisonnier ici? »

En effet, les deux hommes s'étaient séparés. L'un était resté sous la fenêtre, et l'autre marchait devant l'entrée de la taverne, de long en large, sur l'autre façade du bâtiment.

Quand Lulli se fut rendu compte de cette nouvelle tactique de ses ennemis, il devint fou de colère.

Le temps pressait, et il avait beau appeler, taper à grands coups de pied dans la porte de sa chambre, personne ne répondait à ses cris.

Qu'allait-il arriver s'il manquait sa première séance de musique à la cour?

Le chef, qui comptait sur lui pour le solo, et qui ne l'aimait pas, aurait beau jeu de signaler son absence au maître de cérémonie. Celui-ci ne manquerait sans doute pas de se plaindre à la reine mère, au roi, et Leurs Majestés prendraient dès lors une fâcheuse opinion de leur protégé. L'imagination de l'enfant allait, allait, exagérant tout, dans l'énervement de cette attente et de l'heure qui avançait. Son sang battait dans ses artères avec une rapidité vertigineuse, il lui semblait que chaque pulsation de son cœur était une minute qui fuyait.

Il allait et venait par la chambre, criant, trépignant sur place et cognant sur le malheureux mobilier du logeur Mercier qui n'en pouvait mais.

« O rage! criait-il en se penchant de nouveau à la fenêtre pour voir si ses ennemis étaient toujours là, manquer tout mon avenir au moment où il s'annonçait si beau!... Encore dix minutes, et ce sera trop tard! »

Lulli cependant se pencha davantage en dehors de la fenêtre. C'est qu'il venait d'apercevoir, au coin de la rue de l'Échelle, une charrette attelée de quatre chevaux qui s'engageait dans la ruelle longeant la taverne.

Avec la rapidité de décision dont il avait déjà donné maintes preuves, le jeune violoniste songea à tirer parti de cette aide inespérée.

« Si la charrette passe entre ce bandit et le mur, se dit-il, je me glisserai derrière et je pourrai peut-être filer sans qu'il me voie!... »

Au tournant, Lulli put à peine retenir un cri de triomphe. Cette charrette était chargée de paille... Il était sauvé! Sans hésiter, il saisit le moment précis où l'équipage arrivait sous la fenêtre, et d'un bond s'élança au beau milieu de la paille, d'où il rebondit sur la chaussée sous le nez du contrebassiste, qui n'avait pas prévu ce nouveau tour de force.

« C'est donc un acrobate, ce crapaud-là, un échappé de la foire Saint-Germain! » grommelait-il en essayant de poursuivre l'enfant...

Mais il comprit bien vite que les jambes de quinze ans du jeune homme avaient trop d'avantage sur les siennes, et il s'arrêta bientôt essoufflé, furieux et penaud, tandis que Lulli disparaissait, courant toujours, dans la direction du Louvre.

Il arriva au guichet du Carrousel, haletant, mais heureux, et ce fut d'une voix ferme qu'il lança à l'officier de garde sa qualité :

« Violon de la chambre du roi!

— Passez! »

L'horloge de la cour finissait de taper le dernier coup de neuf heures quand il pénétra dans la salle de répétition, où tous les musiciens étaient rassemblés.

« Ah! vous voilà enfin, lui dit Pulcérin; je commençais à croire que vous aviez oublié que vous débutiez ce soir.

— Je ne l'avais pas oublié, répondit Lulli en promenant hardiment ses regards sur ses nouveaux camarades... mais je viens d'apprendre à mes dépens que ces débuts n'avaient pas l'heur de plaire à tout le monde, ici, car on a fait des prodiges pour me les rendre impossibles. »

Les musiciens affectèrent des airs étonnés. Certains haussèrent les épaules; mais le chef coupa court à toute explication. « Montons, dit-il, il est l'heure, dépêchons-nous. »

Lulli prit sa boîte à violon sur la table et suivit Pulcérin à travers les innombrables corridors du Louvre.

La réunion avait lieu dans le petit cabinet de la reine mère, sorte d'oratoire situé dans la partie ancienne, seule habitable pour le moment.

L'architecte Perrault restaurait cette année-là les bâtiments du Nord et du Midi; mais les travaux, faute d'argent, avançaient lentement, et toute cette partie du palais était pour le moment dégradée, sans toiture, protégée à peine par quelques planches.

Une vingtaine de personnes, tout au plus, étaient réunies chez la reine mère, pour le concert.

On attendait le roi, qui s'était fait annoncer.

Louis XIV arriva bientôt, et vint s'asseoir dans un grand fauteuil qui lui était réservé à côté de sa mère.

Un silence glacial planait sur cette assemblée, où déjà se devinait la grande étiquette que le jeune roi allait imposer à sa cour durant tout son règne.

Sur un signe du maître de cérémonie, Pulcérin leva son bâton, et l'orchestre commença aussitôt l'exécution du *Madrigal* de Palestrina.

Lulli, pendant ce temps, surpris par la rapidité avec laquelle le chef avait donné le signal, se préparait à l'exécution de son solo, qui suivait de très près l'ouverture.

Mais soudain, en portant son violon à son menton, il sent une fraîcheur inaccoutumée... Les clefs tournent mal... les cordes sont détendues... Horreur !... Ses cheveux se dressent sur sa tête; une sueur glacée coule le long de son dos.

Il n'a pas le temps de chercher à comprendre l'étendue du nouveau malheur qui vient de le frapper... Voici le dernier accord qui précède son entrée.

Le chef d'orchestre se tourne vers lui et, avec son éternel sourire, l'invite à donner le coup d'archet pur, net, mélodieux, qui doit ouvrir son solo, au milieu du silence religieux à peine interrompu par le rythme discret des éventails.

Hélas! l'enfant le donne, ce coup d'archet!... Et voici qu'un gémissement plaintif et discordant s'échappe de l'instrument déshonoré... Lulli le laisse échapper de ses mains!...

Que se passe-t-il?...

Tout le personnel de la cour se regarde étonné, et Lulli voit, comme dans un rêve, Pulcérin parlementer avec le maître de cérémonie en le désignant du bout de son bâton.

Il comprend ce que dit son ennemi, d'autant plus que celui-ci vient le prier de quitter sa place pour l'exécution d'un autre morceau.

Il se lève, sous les regards glacés de toute cette cour qui semble lui faire honte. Il veut parler, montrer son violon, expliquer que ce n'est pas sa faute... Mais il n'ose pas élever la voix! D'ailleurs le maître de cérémonie est là qui vient le prendre par le bras et le conduit vers la porte. Il est chassé

Lulli le laisse échapper de ses mains.

comme un inutile, un incapable, devant le roi, devant la reine...
devant tous... Ah! pauvre Lulli! c'est fini de toi... Fini à jamais!

Remonté à son pupitre, Pulcérin triomphant faisait commencer le morceau suivant.

Le pauvre enfant, désespéré, restait affalé derrière la portière du cabinet, n'ayant plus le courage de lutter, ne sachant pas où aller, les bras et les jambes cassés et le cœur bien gros.

Il venait de voir face à face, pour la première fois, jusqu'où pouvait aller la méchanceté des hommes.

CHAPITRE XIX

LES VINGT ÉCUS DE MOLIÈRE

CHAPITRE XIX

LES VINGT ÉCUS DE MOLIÈRE

Deux ans ont passé depuis les événements que nous racontions dans le chapitre précédent, deux ans qui ont amené beaucoup de changements dans l'histoire de France, comme dans la vie de nos principaux personnages.

La Fronde était terminée.

Mademoiselle, assagie par l'âge, par l'exil et par les trahisons de ses partisans, avait renoncé à la politique et était revenue à la cour en promettant d'être bien sage à l'avenir et de ne plus prendre de villes à elle toute seule.

Louis XIV était entré tout botté au parlement, son fouet de chasse à la main, et avait commencé ce rôle de monarque absolu qui devait être si glorieux et si fécond pour notre pays.

Quant à Lulli, que nous avons laissé en si fâcheuse posture, à la suite du son début à la cour, hâtons-nous de dire qu'il avait su triompher de la mauvaise volonté de ses ennemis.

15

Son mérite, comme tout véritable mérite, s'était imposé. Appelé auprès du roi, il avait expliqué à Sa Majesté l'accident qui avait occasionné la seule fausse note que le musicien devait faire dans sa vie; et, petit à petit, le jeune homme, avec son astuce et son charme d'Italien, avait su gagner les bonnes grâces du souverain.

Il lui prouva la nullité de son maître de musique, fit tant et si bien que, aidé par la reine mère, il obtint, malgré son jeune âge, une faveur inespérée.

Le roi lui avait confié l'organisation d'une nouvelle compagnie d'exécutants, qui furent appelés « les petits violons du roi », distincts de cette fameuse « grande bande » dont le méchant Pulcérin était le chef.

Ainsi Lulli était arrivé à supplanter celui qui s'était servi de moyens déloyaux pour empêcher ses débuts; et l'ancien chef assistait impuissant aux succès toujours croissants de son terrible rival.

Un matin, Lulli, qui sortait du cabinet du roi, où il venait de soumettre à Sa Majesté le programme du concert qui devait être donné le lendemain en l'honneur des ambassadeurs espagnols, traversait la grande galerie de la Seine qui venait d'être récemment terminée.

Son attention fut attirée par le bruit d'une altercation très vive entre deux hommes, parmi lesquels le musicien reconnut tout de suite maître Poquelin, tapissier du roi.

Ce vénérable commerçant avait l'air fort agité et très en colère.

Devant lui se tenait un jeune homme d'une trentaine d'années, à l'œil profond, au maintien modeste, qui écoutait avec respect tout ce que lui disait le tapissier, mais ne semblait pas cependant convaincu le moins du monde par les beaux raisonnements que lui tenait son interlocuteur.

Ce jeune homme, c'était Jean-Baptiste Poquelin, dit « Molière » depuis qu'il avait abandonné la maison paternelle et

Le vénérable bonhomme avait l'air agité.

le titre de tapissier du roi, pour courir la province à la tête d'une troupe de musiciens ambulants. Le père, outré d'une semblable folie, profitait, pour tancer vertement son fils, d'un de ces moments où le « baladin », ainsi qu'il l'appelait, essayait de tirer quelques écus de la bourse paternelle.

L'arrivée de Lulli n'interrompit pas son sermon, car le bonhomme était lancé.

« Vous n'avez pas de honte, monsieur, disait-il, de venir

demander vingt écus à l'homme que vous avez si gravement offensé? »

Molière, secouant la tête, répondit :

« Mon père, je vous répète qu'il ne s'agit que d'un prêt... d'un simple prêt!...

— On connaît les promesses des gens de votre sorte... Des histrions et des pitres. »

Molière, toujours calme, insista :

« Le prince de Conti nous attend à Avignon, pendant que se tiendront dans cette ville les états de Languedoc. Je dois lui jouer mon *Étourdi*, et pourrai ensuite vous rembourser la somme que je vous demande. »

Le tapissier haussa les épaules.

« Et que voulez-vous que fasse M. le prince de Conti de vous et de votre *Étourdi?*... Il a d'autres chiens à fouetter et ne s'occupe pas de semblables billevesées.

— Mon père, chacun exerce le métier pour lequel il est né.

— Et vous appelez ce que vous faites un métier? »

Molière sourit :

« Non, mon père, vous avez raison, c'est un art, » dit-il simplement.

Lulli, intéressé par cette discussion, s'était arrêté et fut vite pris à partie par le tapissier.

« Tenez, monsieur le musicien du roi, vous qui êtes un artiste... un vrai, aidez-moi donc à expliquer à ce garnement que le métier d'histrion n'est pas fait pour les honnêtes gens! »

Lulli n'eut pas besoin de se prononcer sur cette grave question, car le brave bourgeois, avec cette volubilité spéciale aux gens pénétrés de leur sujet, n'attendit pas la réponse de celui dont il invoquait l'appui, et conclut :

« D'ailleurs, monsieur mon fils, trêve de discussions... Je vous répète que je ne vous donnerai pas vos vingt écus; je ne vous en donnerai même pas un, tant que vous n'aurez pas renoncé à vos imaginations pour reprendre à côté de moi votre place de tapissier du roi... Ceci est mon dernier mot! »

Sur ces paroles catégoriques, maître Poquelin tourna les talons et s'en alla fièrement surveiller le travail que ses ouvriers commençaient dans le salon à côté.

Les deux jeunes gens restèrent face à face.

Molière, accoudé sur le bras d'un fauteuil, réfléchissait, les jambes croisées et la tête rejetée en arrière, dans cette attitude qui lui était familière.

Quant à Lulli, il semblait ruminer une idée qu'il n'osait exprimer.

Enfin, il se décida :

« Monsieur, fit-il timidement, ainsi que le disait tout à l'heure maître Poquelin, votre père, je suis un artiste comme vous... et... si vous vouliez...

— Quoi donc? » fit Molière tiré de sa rêverie.

Le musicien prit son courage à deux mains.

« Les vingt écus dont vous avez besoin, je pourrai peut-être vous les procurer. »

La figure de Molière s'illumina de ce franc sourire qui était une de ses séductions, et, tendant la main au jeune homme, il lui dit simplement :

« Merci, camarade! »

La glace était rompue entre le musicien et l'écrivain, ils se mirent à causer à cœur ouvert.

Molière raconta toutes les difficultés de sa vie errante, qui seule, pour le moment, pouvait lui donner la possibilité de mettre au jour les pièces qu'il méditait.

De son côté, Lulli expliqua à son nouvel ami son idée d'une association possible et étroite entre la musique et la comédie.

Lorsqu'ils eurent ainsi parlé longtemps, Lulli pria Molière de l'attendre, pendant qu'il allait chez M. l'intendant du roi chercher les vingt écus que celui-ci, affirmait-il, ne lui refuserait certainement pas, car il ne lui avait pas payé son traitement depuis deux mois.

Mais le petit musicien avait compté sans la pénurie d'argent qui, à ce moment-là, régnait à la cour de France. Il revint en effet au bout de quelques minutes, penaud et déconfit, dans la cour d'honneur où l'attendait Molière, et fut obligé de lui avouer que M. l'intendant ne lui avait pas donné le moindre sol.

Les deux jeunes gens, fort déçus, s'apprêtaient à quitter le Louvre en discourant sur la dureté des temps et la difficulté qu'éprouvaient les artistes à se procurer vingt écus, quand Lulli s'arrêta brusquement, au moment où ils allaient franchir la grande porte du palais.

Un carrosse venait d'entrer dans la cour.

Un seigneur en descendit, que le petit musicien reconnut tout de suite à son agitation et à son allure sautillante.

C'était Gaston d'Orléans, qui venait faire au roi Louis XIV sa visite de bon parent.

On sait que le père de la Grande Mademoiselle avait toujours été très soucieux de flatter les pouvoirs existants, quitte à les trahir ensuite.

« Gaston d'Orléans! s'écria Lulli battant des mains... C'est le Ciel qui l'envoie.

— Pourquoi? demanda Molière.

— Parce que c'est lui qui va nous donner les vingt écus que nous cherchons.

— De quelle façon?

— Vous allez voir. »

Lâchant son camarade, Lulli rebroussa chemin dans la direction de son ancien maître et emboîta le pas derrière lui, tandis qu'il montait le grand escalier qui conduisait au cabinet du roi.

Tout en montant, l'Italien se mit à fredonner la chanson qu'il avait composée durant son séjour à Orléans et qui était devenue populaire, à l'époque, dans l'entourage de Mademoiselle.

Il commença donc à demi-voix :

> Mademoiselle, grand capitaine,
> Entra, dit-on, dans Orléans
> Par une mine souterraine,
> Et fit la mine en en sortant.

Immédiatement, selon son attente, il vit Gaston se retourner vers lui, comme s'il avait été arrêté net dans sa marche.

Sans se troubler, le jeune musicien éleva un peu plus la voix et entama le deuxième couplet :

Deux jeunes et fortes comtesses,
Les deux maréchales de camp,
Suivaient Sa Royale Altesse...

Gaston d'Orléans ne laissa pas le chanteur aller plus loin, et, craignant que quelqu'un du palais n'entendît ces couplets, évocateurs intempestifs d'une époque qu'il tenait à faire oublier, il alla droit à celui qui avait l'audace de s'en souvenir.

« Ah çà, monsieur, que chantez-vous là?

— Des couplets sur Mlle de Montpensier, monsieur.

— Qui êtes-vous?

— Jean-Baptiste Lulli, musicien du roi, ancien marmiton de Monsieur, » répondit le jeune homme en saluant très bas son ancien maître.

A ces mots, Gaston d'Orléans examina plus attentivement son interlocuteur.

« Quoi! dit-il, c'est donc toi, l'ancien garde au perroquet?

— Pour servir Votre Altesse, » répondit Lulli.

Rassuré par l'attitude soumise du jeune homme, Gaston d'Orléans s'approcha de lui, et familièrement, lui mettant la main sur l'épaule, il murmura à son oreille :

« Eh bien, monsieur Lulli, vous m'obligeriez en ne plus chantant dans le palais du roi la petite chanson que vous fredonniez tout à l'heure.

— Je suis aux ordres de Votre Altesse.

— Très bien, dit Gaston enchanté. Il faudra venir me voir, Lulli... Je serai heureux de vous être agréable, et, si vous avez quelqu'une de vos œuvres à me recommander...

— J'en ai justement une, monsieur, répliqua le musicien.

— Laquelle?

— Celle que je chantais à l'instant. »

Gaston d'Orléans comprit.

« Pour combien voulez-vous la vendre?

— Vingt écus. »

Le prince fouilla dans la poche de son justaucorps, prit sa bourse et la tendit au musicien en disant :

Ainsi se rencontrèrent pour la première fois ces deux hommes.

« Voilà, monsieur Lulli. Mais il est convenu que la chanson m'appartient, n'est-ce pas?

— Votre Altesse peut être sûre que je ne m'en souviendrai plus jamais. »

Gaston d'Orléans fit un geste d'adieu au musicien et s'en alla en murmurant :

« Eh! eh! le gaillard n'est pas bête! »

Pendant ce temps, Lulli avait couru rejoindre Molière, qui attendait toujours dans la cour, et, lui mettant la bourse dans les mains, il s'écria triomphant :

« Voilà les vingt écus !… Vous pouvez aller maintenant donner l'*Étourdi* à M. le prince de Conti. »

Molière prit l'argent avec reconnaissance, puis il se sépara de son nouvel ami.

Ainsi se rencontrèrent pour la première fois ces deux hommes : Molière et Lulli, dont la collaboration géniale devait, plus tard, contribuer à la grandeur artistique du grand siècle : du siècle de Louis XIV.

FIN

TABLE

TABLE

—

11-06

SOCIÉTÉ ANONYME D'IMPRIMERIE DE VILLEFRANCHE-DE-ROUERGUE
Jules Bardou, Directeur.

www.ingramcontent.com/pod-product-compliance
Lightning Source LLC
Chambersburg PA
CBHW061440030726
47503CB00005B/1505